憧れの刑事部に配属されたら、上司が鬼に憑かれてました

飛野 猶

角川文庫
23336

目次

人物紹介

岩《いわ》槻《つき》亜《あ》寿《ず》沙《さ》
巡査部長。幼い頃のある事件をきっかけに刑事を目指す。敏感すぎる嗅覚の持ち主。

阿《あ》久《く》津《つ》聖《せい》司《じ》
係長。かつて鬼に噛まれて以来、鬼の性質を帯び、怪異に遭遇するように。夜行性で、昼は苦手。

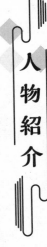

風《かざ》見《み》誠《せい》一《いち》

管理官。キャリア組のエリートで、物腰柔らかなイケメン。同期の阿久津を心配している。

「特異捜査係」とは……

通常の捜査対象外となる超常的なものや、怪異と呼ばれるものを考慮した捜査を行う。幽霊、オカルト的現象、目に見えない存在など、扱う対象は様々。

イラスト / vient

第一章　縁切り神社の怪異

四月一日。

多くの人が希望に胸を膨らませて新たな生活をスタートさせる特別な朝。

今年は暖冬だったためか既に桜は満開を過ぎて散り始めているが、あたたかな風がそよそよと吹いて薄桃色の花びらを運んでくる。

そんな心地の好《よ》い朝だった。

出勤や通学の人の波が落ち着いた午前十時二十七分。

京都市洛中《らくちゅう》を南北に走る大通りの一つである堀川《ほりかわ》通を二条《にじょう》城方面にむけて南下していたゴミ収集車が突然、後部から火を噴いた。

ゴミを入れる開閉口から漏れ出た火は瞬く間に大きくなって、ものの数分で開閉口を包み込むほどの火勢となった。

ゴミ収集車に乗っていたのは西部まち美化事務所の職員が二人。

定年間際のベテラン職員と、まだ入所して数年の若い職員だった。

ハンドルを握っていたベテラン職員がすぐさまゴミ収集車を路肩に止めると、若い職員が燃えさかるゴミ収集車から飛び出す。

若い職員がゴミ収集車の運転席と後部ボディーとの間に装備されている消火器を手に取る間に、ベテラン職員は運転席で操作して開閉口を大きく開いた。

中は、まるで火炎地獄をおもわせるほどにオレンジ色の炎一色に染まっていた。

春のうららかな陽気を吹き飛ばす熱気が、消火器を持つ職員の肌をじりじりと炙《あぶ》る。

彼は熱に目を眇《すが》ませながらも、慣れた手つきで消火器のレバーを握って消火液を勢いよく炎へと吹きかけた。

ベテラン職員が少し離れた場所で電話をかけているのが見える。１１９番へ連絡をしているのだろう。

そのあいだも消火液を吹きかけ続けるが火の勢いは強く、一瞬火勢を弱めることはできたものの消火液が尽きればすぐに炎は大きくなった。

「くそっ」

彼は消火器を地面にたたきつけたくなるのをぐっと堪《こら》えた。消火器は消火液を交換すれば何度でも使えるのだ。壊したら弁償ものだろう。

きっと火を噴く原因となった火元はゴミが詰まっている後部ボディーの奥の方にあるのだ。そのせいで、火元に消火液が届いていないに違いない。

もとより、ゴミ収集車の火災は珍しいことではなかった。

あってはならないことだが、京都市内でもたびたび起きているのだ。

原因は、本来燃えるゴミと一緒に捨てることが禁じられている電池類や、まだ中身が残っているスプレー類、カセットボンベ、使い捨てライターなどだ。

それらがゴミを積み込むための回転盤による圧縮で可燃性ガスが漏れ出したり、電池類や金属の摩擦によって起こった火花が他のゴミに引火したりして発火するのだ。

ちゃんとゴミ出しのルールを守ってくれれば、こんな事態にならずに済むのに。

大半の人はルールに沿ってゴミ出しをしてくれるが、一部の人間のせいでこんな事態にまでなってしまう。

やりきれない気持ちを嘆息に変えて吐き出したとき、人の気配を感じて歩道の方に目をやった。

見ると、堀川商店街の人たちが水をあふれんばかりに入れたバケツを持ってかけつけてくれていた。

彼はわずかに目元をくしゃっと歪《ゆが》ませ、

「ありがとうございますっ!」

大きな声で礼を言うと、そのバケツを受け取って炎へ掛ける。

そのあとはベテラン職員も交じって、商店街の人たちとバケツリレーをして水を掛けつづけた。

おかげで何とか火をそれ以上大きくせずに抑え込むことができ、最後はサイレンとともに到着した消防車の放水で鎮火したのだった。


その後、西部まち美化事務所に戻ったゴミ収集車は、警察と消防の立ち会いのもと、火元を確認するために中のゴミを排出させる。

しかし意外にも、あれだけ勢いよく炎を燃え上がらせていたにもかかわらず、燃えたのは開閉口のあたりに詰められていたゴミだけだったようで、奥の方はまったく燃えていなかった。

その様子に立ち会っていた若い職員は、あれ？ と違和感を覚える。

火元がゴミ収集車のボディーの奥にあったから、消火器だけでは鎮火できなかったのだとばかり思っていたのに、予想に反して燃えたのは開閉口の方にあったゴミだけなのだ。

それならなぜ、消火器でもバケツリレーの水でも鎮火できなかったのだろう。

もしや、ガソリン缶のような強い可燃性のものがゴミとして捨てられていたのか？ とも思いながら、消防の人たちと一緒に広げたゴミを検分してみたのだが一向に火元となったものがみつからない。

心の中で何かがおかしいと感じ始めた彼は、検分に参加している他の職員たちや消防職員たちをそっとうかがってみるが、誰の顔にも戸惑いの色が浮かびはじめていた。

と、そのとき。

検分に参加していた職員の一人が、ぎゃあ！　と喉《のど》の奥から絞り出すような声をあげた。

腰を抜かしたように地面に座り込み、手に持ったトングで一つの小さなゴミ袋を指し、「あ、あ、あ……」と声にならない声を出している。

「どうしました？　何かみつかりました？」

立ち会いの警察官がそのゴミ袋を調べると、すぐに表情を硬くして、

「それ以上このゴミに触れないでください。他のゴミにも！　ただちに署に連絡します」

と鋭い声で周囲に呼びかける。

なんだなんだとそのゴミの周りに、検分に参加していた人たちが集まり覗《のぞ》き込んだ。

そして、そのゴミを見た誰もが息を呑《の》んだ。

半分焼けた白いレジ袋から、新聞紙にくるまれた白いものが見える。

なんだろう？　と、若い職員もそのゴミを凝視するが、ソレが何か分かった瞬間、吐き気を覚えて口に手を当てた。

それは人の手だった。

手首のあたりで切られた人間の手だ。

マネキン人形の手首などといった人工物ではないことは、どす黒く変色して骨が露出した切断面が生々しく物語っていた。

＊　＊　＊

ポニーテールの髪を揺らして、岩槻亜寿沙《いわつきあずさ》は目の前の建物を見上げた。

すっと背筋が伸びた気持ちで、誇らしさと期待に胸を膨らませる。

ここは京都御所の西側に位置する官庁街。

その一角に最近できたばかりの六階建ての建物が、今日から亜寿沙の職場となる場所だった。

京都府警察本部。

心の中でそうつぶやくとともに心が弾み、同時にこれから抱えるであろう責務の重大さを思って気持ちが引き締まる。

東京の大学を出たあと、京都府警の警察官として採用されて四年。

交番勤務からはじまり所轄署の刑事を一年経験したあと、巡査部長昇任試験に合格し、昇任するタイミングで警察本部刑事部捜査第一課への異動がきまった。

巡査部長昇任の平均年齢は三十歳くらいだと言われているから、警察官として採用されてから五年足らずの二十七歳で巡査部長に昇任するのは同期の中でもかなり早い方だ。

亜寿沙は春のあたたかな空気を胸いっぱいに吸い込むと、ポニーテールを揺らして颯爽《さっそう》と警察本部へ入っていった。

集合場所の会議室から辞令交付式の会場へと案内されると、そこには警察本部のお偉方がずらっと並んでいた。

式はつつがなく進み警察本部長から異動者一人一人に辞令が渡されたら、いよいよ捜査第一課へと配属になる。

「じゃあ、行こか。ついてきてくれや」

一緒に辞令交付式に参列していた羽賀《はが》捜査第一課長が声をかけてきた。

スキンヘッドの五十代とおぼしき強面《こわもて》だ。体格もいいので外見を見ただけだと暴力団関係者だと言われても信じてしまいそうな迫力がある。

「はいっ」

羽賀課長に連れられて廊下を進み、『捜査第一課』の室名札のかかる部屋の前まで来ると亜寿沙の期待は最高潮に高まった。

ここで働きたくて、いままで頑張ってきたのだ。

刑事に憧《あこが》れて警察官になった亜寿沙だったが、いざ所轄署の刑事課に配属されてみたらそこで扱うのは管轄の地域内で起きた小さな事件ばかりだった。当たり前だが。

警察本部にいけばもっと大きな事件を扱えると知って、すぐに目標を警察本部の刑事部に定めた。

そのために昇任試験の勉強も頑張った。勤務評定を積み上げるために、朝は誰よりも早く出署して、他の先輩刑事たちに負けじと事件の解決に奔走した。

そのおかげで一発で昇任試験をパスして巡査部長へと昇任し、そのうえ幸運にも昇任と同時に希望していた警察本部刑事部への切符を手に入れることができたのだ。

まさかこんなに早く目標の場所で働けるとは思ってもみなかったけれど、人事は水ものともいう。多くの人が異動するタイミングでたまたまちょうどいいポストが空き、ちょうどいい人材として自分が当てはまったということだろう。

この幸運を活《い》かさなきゃ！　と軽く拳《こぶし》を握ると、亜寿沙は課長に続いて捜査第一課に足を踏み入れる。

室内に入ると、十台ほどの事務デスクがくっついた島がいくつか目に入った。

その奥に課長席と管理官席がある。

デスクの数にくらべて、室内で仕事をしている人数は思いのほか少ない。

ざっと数えると四分の一くらいだろうか。なんらかの事件の捜査にでかけているのだろう。

刑事の仕事にデスクワークは欠かせないが、それでもやはり仕事の基本は現場に出て足で稼ぐことだと亜寿沙は思っている。

課長に連れられて、まずは管理官席へと案内された。

ノートパソコンとにらめっこしていた管理官は亜寿沙たちに気が付くと、すっと立ち上がって人好きのする爽《さわ》やかな笑顔とともに二人を迎えてくれた。

管理官というと、羽賀課長の次に位置する捜査第一課のナンバーツー。

階級は警視あたりでないと就けないポジションだ。

てっきり羽賀課長と同年代の五、六十代の人かと想像していたが、意外にも管理官席で迎えてくれたのは三十前後のイケメンだった。

ということは、間違いなくキャリア組のエリートだろう。

管理官席の席札には『風見《かざみ》　誠一《せいいち》』とある。

そのうえ、立ち上がった姿は亜寿沙はもちろん羽賀課長よりも高い。

亜寿沙も女性としては背が高い方で一七〇センチ近くある。

その亜寿沙が見上げる姿勢になるのだから、一八〇センチはくだらないだろう。

引き締まった身体にぴったりと合った上品なスーツは、オーダーメイドに違いない。

職場で思いがけずイケメン俳優と出くわしてしまったような錯覚を覚えて、うかつにも一瞬ぼーっとしてしまった亜寿沙だったが、

「やあ、待っていたよ。岩槻巡査部長。君の評判はあちらの課長からも聞いている。期待してるよ」

と声をかけられて、我に返る。

「は、はいっ。よろしくおねがいいたしますっ」

慌てて深く頭を下げた。つい見惚《みと》れてしまったことが恥ずかしくて、顔が熱くなる想いだった。

風見は爽やかな笑顔を亜寿沙に向けたあと羽賀課長へ短く声をかける。

「このあとは僕が」

羽賀課長も小さく頷《うなず》き返した。

「そうか。そうやな、その方がええやろ」

「はい」

風見は再びにこやかに亜寿沙へ向き合うと、

「ついてきてもらえるかな」

という言葉とともに先導して歩き出す。亜寿沙はここまで案内してくれた羽賀課長に頭を下げると、すぐに風見の後ろを追いかけた。

ついて歩きながら、つい風見の後ろ姿に目が行く。後ろから見てもイケメンらしさと自信が溢《あふ》れているようだった。

こんな上司の下で働けるなんて、まるでドラマの中にでも迷い込んだような心地だった。

刑事ドラマを見ながらいつも、あんなイケメン刑事どこにいるのよなんて思っていたが、いるところにはいるものだ。

心浮き立つ亜寿沙が連れていかれたのは、部屋の一番奥だった。

そこにはデスクが四つくっついただけの小さな島があった。

しかも、そのうちの一つにはプリンターが置かれ、もう一つにはカバンやら資料が入った段ボールが雑多に置かれていたので実質デスクは二つだ。

そのうえ、今は誰も座ってはいない。

こんな小さな係なんて、この警察本部の刑事部にあっただろうか。

事前に昨年度の刑事部のデスク配置図は見てきたのだが、そのときにはまったく気がつかなかった。

風見はきょろきょろと辺りを見回して誰かを探しているようだ。

「あれ？　さっきまでそこのデスクに突っ伏してたんだけどな。どこいったんだろう。阿久津《あくつ》係長！」

もう一度、風見が凜《りん》とした声で「阿久津！　どこいった？」と呼びかけたところで、壁際のパーティションの向こうから「ふぁい……」と間延びした男の声が聞こえてきた。

パーティションの奥はソファなどが置いてある休憩スペースになっているようだ。そこからアクビをしながらのっそりと顔を出したのは、無精ひげが生えた三十前後の男だった。

頭をぼりぼりと無造作に掻《か》く仕草といい、よれっとした安スーツといい、精彩というものがまるで感じられない。

だらしない、というのが真っ先に浮かんだ印象だった。

風見とのあまりの落差に、亜寿沙は顔が引きつりそうになるのを我慢するのが精いっぱい。しかも、ふわりと苦手な香りまで鼻をかすめてくる。

「十時に新しく部下になる人が来るって、言ってあったじゃないか」

呆《あき》れたような風見の言葉に、

「ああ、そうだった。たしかに聞いてた。すみません」

彼は謝りながらも、あまり悪びれた様子もなく頰を掻く。

これ以上言っても仕方がないと思ったのか風見はため息を一つつくと、亜寿沙に彼を紹介した。

「彼が、阿久津係長だよ。君が配属になった特異捜査係の係長だ。とは言っても、特異捜査係は君と阿久津の二人だけの係なんだけどね」

「……え？　あ、は、はいっ」

思わず妙な声が出てしまって、慌てて返事をした。

（二人だけの係⁉　それも、このだらしない上司と二人⁉　冗談じゃない！　私は風見管理官みたいな人の下で働きたいんです！）

ついそんなことを瞬間的に思い浮かべた。本来、自分のような若手が配属に文句をいうなどあってはならないことだが、大きな期待を持っていたぶん落胆も大きくてそのことが表情に滲《にじ》みそうになる。

それを寸前で押しとどめて、いつものポーカーフェイスでうまく隠したつもりだった。

いままでそれで失敗したことなんて一度もなかった。

しかし、阿久津という目の前のだらしない上司は、亜寿沙の表情を一目見ただけで何かを察知したようで、

「あー。管理官。俺はいままでどおり一人でいいですって。彼女は他の係に付けてあげた方がいいんじゃないっすかね。俺みたいなとこに付けるのは、あまりに気の毒だ」

そんなことを風見に進言する。

だが風見は阿久津の言葉を苦笑一つで受け流す。

「これは上の判断で決まったことだから、いまさら覆すことはできないんだ。以前から、一人で係を名乗ることに疑問を呈していた者も多かったからね」

と、この配属はいまさらどうにもならないようだった。

「……そうですか。じゃあ、岩槻だっけ。申し訳ないけど、よろしく」

「は、はいっ」

こうして、京都府警察本部刑事部捜査第一課特異捜査係は二人だけの係として新たなスタートを切ることになった。非常に不本意な気持ちを亜寿沙の心に残しつつだが。

引き合わせを終えて風見が自席に戻っていく。それを亜寿沙が名残惜しい気持ちで見届けていると、阿久津という男は首を触りながらのっそりと口を開いた。

「あー。俺は、阿久津聖司《せいじ》という。一応、特異捜査係の係長ということになってるな。いままで一人係だったから気ままにやってたんだが、それじゃやっぱり駄目だったらしい。というわけで、今年度からは君と二人の係になるようだ。君も災難だな」

なんとも他人事《ひとごと》のように言ってくる。

そのうえ自信なげで、やる気もなさそうで、どうにもだらしなそうな男に見えた。

こんな男が上司だなんて正直亜寿沙は認めたくなかったが、決まってしまったものは仕方がない。

しかも、上手《うま》く隠したつもりだった落胆の色を彼には見透かされてしまったようだ。

こんなだらしない見た目をしていても、腐っても警察本部刑事部の刑事。本当に見た目通りのダメ人間ならば、そもそもこんな精鋭の集まる部署に配属されるはずがないのだ。

しばらくこの男の下で働いて実績を積んで、来年度には他の係に異動できるように頑張ろうと、亜寿沙はそう考え直すことにした。

気を取り直した亜寿沙は背筋を伸ばしてピシッと敬礼し、はきはきした声で答える。

「いえ、そんなことありません。岩槻亜寿沙と申します。よろしくご指導願いますっ」

とはいってもひとつだけどうしても気になるものがあった。

それは彼から漂ってくる香りだ。青りんごのような独特な香料の香りがする。

これは香りを売りにしている柔軟剤の匂いだろう。多少なら我慢できるが、使用量が多いのか強く香りが持続するタイプなのか、とにかく香りが強い。

おそらく亜寿沙以外の人間は、この香りを苦痛とは思わないだろう。むしろ良い香りだと思うに違いない。

だが、亜寿沙の異常なほど敏感な嗅覚《きゅうかく》は香りを必要以上に嗅《か》ぎ取ってしまう。

とくに化学香料の香りはキンと頭に響いて頭痛の因《もと》になってしまうのだ。

内心、スーツのポケットにいつもお守りのように忍ばせている鼻せんを取り出したくて仕方がなかった。鼻の上から挟み込む洗濯ばさみのようなものだ。

しかし、今しがた紹介されたばかりの上司を前に、服についた香りが苦手なので鼻せんをさせてくださいなんて失礼なことはとても言えない。まして許可もなく勝手に鼻せんをするなんてできるわけもない。

だからいつものように、匂いを感じながらもひたすら我慢するしかないと自分に言い聞かせるしかなかった。

阿久津はじっと亜寿沙の顔をみると、怪訝《けげん》そうに小首を傾げる。

「そうか？　それならいいんだが、さっきからなんか妙に距離を取られているような」

半歩だけ後ろにさがったことを気づかれていた。できるだけ気づかれないようにそっと動いたつもりだったのに。

やはり刑事だけあって、こんな外見でも他人の行動をよく見ていることがうかがえる。もしかすると見た目に反して有能な人なのかも？　と少しだけ希望が湧いてきた。

それに、これから一緒に行動することも多くなる相手だ。遅かれ早かれ亜寿沙の体質については伝えることになるだろうから、それなら今話してしまった方が手っ取り早い。

亜寿沙は敬礼していた腕をおろすと、素直に話してみることにした。

「すっ、すみません。私、嗅覚過敏で人一倍、臭いに敏感な体質なんです。……その、係長の服から香る柔軟剤らしき香りが強くて、つい……。もしかして使用量を間違えてたりしませんか？」

「え？　あ、そうかな？　そういえば、ここんとこ書類仕事が溜《た》まっててずっとここで寝泊まりしてたから、家帰ってなくてな。知り合いがコインランドリーに行くっていうから一緒に洗ってきてもらったんだ。え、そんなに臭うかな？」

阿久津は心配そうに、くんくんと自分のワイシャツを嗅ぐ仕草をする。

「い、いえっ、他の方が不快になるほどではないと思います。気になるのは私だけで」

亜寿沙は、物心ついたときから他の人より嗅覚が異常に鋭かった。他の人が感じないレベルの臭いであっても亜寿沙の敏感な鼻は感知してしまい、気持ちが悪くなったり頭痛の種になったりするのだ。

そのためシャンプーやボディーソープ、洗剤の類《たぐ》いはすべて無香料のものを使っている。香水やコロンは一切使わない。

自宅ではそうやって極力刺激の強い臭いのない空間ですごしているのだが、一歩家の外にでるとそうはいかなかった。

通りがかりの通行人や職場の人たちからただよう香りや臭いが容赦なく襲い掛かってくる。

満員電車の中の身動き取れない状態で臭いにまかれると体調が悪くなって電車に乗り続けることができなくなってしまうため、なるべく電車の混まない朝早い時間に出勤するように心がけてもいた。

今朝は辞令交付式前に職場にくるわけにはいかなかったので、早朝の電車で最寄り駅に着いたあと鴨川《かも》のほとりでぼんやり時間をつぶしてから来たのだ。

そうやって他の人はしなくていい苦労をあれこれするはめになる、本当にやっかいな体質だった。

「そんなわけでつい距離をとってしまっていました。なるべく気にしないようにします」

亜寿沙が当然のようにそう口にすると、阿久津は顔の前で手を振る仕草をした。

「あー、いいよ。そんなの我慢しないでくれ。俺が気を付ければいいんだから。それより、他に苦手な臭いとかある？　食品の匂いは？　たとえば、コーヒーとか」

「いいえ、コーヒーは大丈夫です。どうやら自分の好きなものの香りは強く香っても大丈夫なようなんです」

いままでも嗅覚過敏のことは歴代の上司たちに同様に伝えてはいた。刑事や警察官の仕事というのは、臭いのきつい場所に入るケースもしばしばだ。

孤独死の現場で腐乱死体を目にしたのも一度や二度ではない。

そういう現場では普通の嗅覚の人間でも吐き気をもよおす悪臭がたちこめているものだ。人一倍臭いを感じてしまう亜寿沙は初めて死臭の漂う現場に臨場したとき、死体を拝見する前に臭いで気を失ってしまった。

それ以来、現場で死臭などの気配を少しでも感じたら鼻せんをするようにしていたため、上司に体質について説明しておく必要があったのだ。

いままでの上司や同僚たちには、鼻せんをする姿を陰で嗤《わら》われたことがある。当然だろう。そんな姿、どう見ても滑稽《こっけい》だ。

職場の自動販売機でコーヒーを買う亜寿沙に、なんでコーヒーは大丈夫なんだ、やっぱり嗅覚過敏なんて気のせいなんじゃないのかと言った同僚もいた。

そう言いたくなる気持ちもわかる。

しかし、阿久津の反応はそのどれとも違った。

一言、

「そういうもんだろう」

とだけ言うと、

「昨日から風呂《ふろ》入ってなかったからシャワー浴びるついでに着替えてくるよ。教えてくれてありがとう。あ、岩槻のデスクはそっち。座って待っててくれ」

と告げると、そそくさと第一捜査課の部屋から出て行ってしまった。

亜寿沙は指示された席に腰を下ろす。まだお昼前だというのに、少し疲れを感じた。一番の疲れの原因は、やはり自分の体質のことを話したせいだろう。

どういう反応をされるのかが怖かった。

いままでも周りの人の反応は、同情されたり逆に不快に思われたりと、相手によって様々だった。しかし、阿久津の反応はいままで経験した誰とも違っているように思う。

まだ出会って小一時間も経っていないのに既に亜寿沙の体質を自然と受け入れている節があって、それがなんとも不思議だった。

デスクの上に置かれているノートパソコンで通勤経路の設定など異動初日のもろもろな作業をし終えたところで、シャワー室から阿久津がもどってきた。

（あれ……？）

だらしない印象の強かった阿久津だが、無精ひげをそってこざっぱりすると意外にも目鼻の整った顔立ちをしているのに気づく。風見が正統派俳優系イケメンだとすると、阿久津は少しタレ目がちで目元が優しげな癒し系イケメンといえるかもしれない。

うっかりじっと見つめてしまった亜寿沙は、阿久津から怪訝そうな視線を返されて慌てて目を逸《そ》らす。

ちょうどそこに、羽賀課長から声がかかった。

「たったいま、北野《きたの》署に行ってた連中から電話があったで。特異捜査係にも見てほしいもんがあるんやて。ちょっと行ってくれへんか」

「はい。北野署って、三係が行ってるとこでしょう？」

阿久津の言葉に、課長は「ああ」と頷《うなず》く。

「例の燃えたゴミ収集車から、人間の手首が出てきた現場や。なんでも、その手首がなんや紙切れみたいなもんを固く握りしめてたらしくて、お前に見てもらいたいらしいんや」

「紙切れ、ですか……？」

握りしめていた、ということは死後さほどたっていないご遺体の一部ということなのだろうか。

阿久津が、つっと視線を亜寿沙に移した。一緒にくるか？　と言っているのだろう。

亜寿沙は、ポニーテールが揺れる勢いで大きく頷いた。

警察本部刑事部に配属されて初めての事件。

胸が高鳴りつつも、緊張で手のひらに汗が滲《にじ》んできた。

北野署は京福《けいふく》電鉄、通称『嵐電《らんでん》』の北野白梅町《きたのはくばいちょう》駅から東に五分ほど歩いたところにある。車が多く行き交う今出川《いまでがわ》通を挟んだ向かいには菅原道真《すがわらのみちざね》公を祀《まつ》る北野天満宮《きたのてんまんぐう》があり、全国から多くの受験生たちが学業の神様に合格を祈願しにやってくる賑《にぎ》やかな界隈《かいわい》だ。

大通りから道を逸れて裏の駐車場へまわると、停められた警察車両の後ろに後部が黒くなったゴミ収集車が見えた。

その脇には、畳六畳ほどの大きな青いビニールシートが敷かれ、焦げたゴミ収集車の中身とおぼしきゴミが広げられていた。

周りにはスーツ姿の刑事数人と、青い鑑識の制服を着た鑑識官たちが見える。

阿久津は大きなアクビをひとつしたのち、ゆっくりと彼らに歩み寄りながら声をかけた。

移動のバスの中でもずっと寝ていたのに、まだ眠いのだろうか。

「お疲れ様。これがその、燃えたゴミ収集車から出てきたゴミなのか？」

その声に反応して刑事たちが話を止め、一人が大股《おおまた》で阿久津に近づいてくる。

ごま塩頭にベテランの風格を漂わせた五十代の小柄な刑事だ。

彼は露骨に舌打ちをすると、苦々しげに顔の皺《しわ》を深めた。

「これは三係の案件や。なんでお前みたいに妙ちきりんなヤッとこんなとこでまで顔あわさなあかんねん」

係長級である阿久津と対等な口調。そして、三係という言葉から、彼が捜査第一課強行三係の徳永《とくなが》係長であることは亜寿沙にもすぐにわかった。

そして、なぜか徳永係長が阿久津に対して嫌悪のような表情を浮かべていることもすぐに気づく。

　そのことに若干の疑問を覚えつつも、亜寿沙は阿久津の後ろについて露骨にならないように気をつけながら辺りを見回す。

　徳永係長がここにいるということは、ゴミの周辺で検分している若いスーツ姿の者たちは強行三係の刑事たちだろう。

　強行係は殺人や死体遺棄、傷害致死事件などの強行犯事件の捜査を主に行う。

　ついでに言うと亜寿沙が一番行きたかった部署でもある。

　なんで自分は希望の強行係にいけずに、特異捜査係なんていう妙な係の配属になってしまったんだろうと気持ちが沈む。

　そもそもどういう特異な捜査をするのかすら亜寿沙はまだ聞かされていない。

　そのうえ、強行三係の係長である徳永係長の態度から、課の中で阿久津や特異捜査係がどういう目で見られているのかに感づいてしまったことが、さらに内心の落胆を強くした。

　しかし、明らかに嫌悪感を滲ませた徳永係長の態度を、阿久津は意に介した様子もなくひょうひょうと受け流す。

「でも俺たちを呼んだのは、あんたんとこだろ？　なんかそれ系のものが出たんじゃないのか？」

「ふんっ。呼んだんは鑑識の連中や。言っとくが、絶対に現場をかき回すなや。おい！　猿渡《さわたり》！」

徳永係長はいまいましげに鼻をならすと、鑑識官の一人を呼んだ。

背中に『KYOTO　POLICE』のオレンジの刺繍《ししゅう》が入った鑑識官の制服を着てキャップを後ろ前にかぶった若い男が、すっくと立ち上がるとこちらに駆けてくる。

少し茶色がかった髪色をした、眼鏡の青年だった。

しかも、苦虫をかみつぶしたような徳永係長の表情に対して、鑑識官の彼はきらきらと少年のように目を輝かせて阿久津を見ている。

「お待ちしてました、阿久津さん！　ぜひ見ていただきたいものがあるんです！」

しっしっと言わんばかりの徳永係長をあとにして、亜寿沙たちは猿渡鑑識官に北野署の中へと案内される。連れていかれたところは刑事課だった。

雑然とした部屋の隅に長テーブルがいくつか置かれている。その上に今回の事件の証拠品とおぼしきものが整然と並べられていた。

もちろん、ゴミの中から出てきたという手首は既にここにはない。

置かれているのは焦げて半分溶けたレジ袋と、その中に入っていたという新聞紙だった。新聞紙は大手新聞社のもので発行日は数日前だ。

この新聞に包《くる》まれた状態で、レジ袋の中に人間の手首が入っていたのだという。

新聞にはところどころ黒く変色した血のシミができていて、腐敗したような異臭が漂っていた。

その臭いに思わず亜寿沙が顔をしかめると、すかさず阿久津が、

「臭いきついなら離れてていいぞ。なんなら鼻せんでも借りてくるか？」

と気を遣ってくれる。亜寿沙はぶんぶんと首を横に振った。

「いえ、大丈夫です」

事実、鼻せんはスーツのポケットに常備している。ほとんどお守り代わりで実際に使うことは滅多にないが持っているだけでも心強い。

猿渡が何枚かの写真を差し出してきた。

それはこのレジ袋の中から出てきた手首の写真だった。

いろいろな角度から撮られた写真だが、切り口は生々しくべっとりと黒くなった血がこびりついており、断面の真ん中には骨まで見えた。

写真から臭ってくるはずなんてないのに、生臭い腐敗臭が急に強くなったような気がした。

手首は切断面こそグロテスクだが、その他の部分は青白くなっているものの綺麗《きれい》な状態だ。

爪には可愛らしい桜の柄のジェルネイルがほどこされており、指は細く華奢《きゃしゃ》で、一

目で女性の手だとわかる。

この手首の持ち主は一体どんな事情があって、こんな風に手首だけをレジ袋に入れられてゴミに出される事態になったのだろう。

きっと何かの事件に巻き込まれたに違いない。

それを思うと、胸が痛くなる。

「これが発見された手首です。現物は既に科捜研の方に回しています。まだ殺人事件なのか、傷害事件なのかすら判断できる段階にはないですが、DNA検査で被害者の特定を急いでいます。それで阿久津係長をお呼びしたのは、これを見て欲しかったからなんです」

猿渡がそう言って渡してきたのは、『証拠品』と印字のあるファスナー付きのビニール袋に入れられた白い小さな紙きれのようなものだった。

阿久津が手にしたそれを、亜寿沙も横から覗《のぞ》き込む。

縦十センチ、横五センチほどのくしゃくしゃになった白い紙きれだ。

「なんでしょう、これ……」

紙きれには不思議な模様が描かれていた。

黒い真っ直ぐな線と、その下に○で囲んだ『金』という文字。こんな模様、亜寿沙はいままで見たことがない。

さらに、その右脇には黒サインペンで『と縁が切れますように。山際綾子《やまぎわあやこ》』と書かれていた。

「なんか呪術《じゅじゅつ》的なものを感じる模様っすよね。だからこれ、絶対、阿久津さん案件だと思って、見てもらいたかったんっす」

猿渡は少し興奮気味に言った。早口になると若干舌ったらずな話し方になるようだ。

阿久津はそれを蛍光灯に翳《かざ》しながら、目を細める。

「なんか見覚えあるな、この模様」

「ガイシャは、その紙をぎゅっと握りこんでたんっすよ。あまりに固く握りこんでたから、指を開いてこの紙を取り出すのが大変だったんっす」

その話を聞いて、亜寿沙は「え？」と驚きを口に出す。

「まだそんなに死後硬直が残ってたんですか？」

警察学校で勉強したことを思い出す。

死後硬直とは死後に起こる筋の硬化をいう。死後、アデノシン三リン酸が分解され減少することによって生じる現象で、人が死ぬと一旦《いったん》全身が弛緩《しかん》するが気温など環境にもよるものの死後二、三時間で顎《あご》や首の筋肉から硬直が始まり、八時間ほどで全身に及ぶ。ピークは死後十時間程度。

それだけがっちりと握りこむほどに指の筋肉が硬直していたということは、死後半日程度しか経過していないことになる。

　そうなると逆算すれば、手首が切られたのは昨日の深夜ごろということだ。

　しかし猿渡はゆるゆると首を横に振った。

「いや、それが……。科捜研の報告待ちっすが、検視した検視官によるとこの手首は生命反応がなくなってから数日は経ってるんじゃないかって話でした」

　猿渡の話を聞いて、阿久津は「ふぅん」と唸《うな》る。

「じゃあ、なんだってまた、そんなに指が開かなくなってたんだろうな。普通はそれだけ時間が経てば弛緩するもんじゃないか」

「そうなんっすよね。それに、今のところまだゴミ収集車のゴミの中から火事の火元になったモノも発見されていないんですよね。なんか不可解なことばかりなんすよ、この事件」

　燃えたゴミ収集車の中から女性のものとおぼしき手首が見つかったというだけでも充分不可解な事件だと言えたが、詳細を探れば探るほど現場の刑事たちでも首をかしげるほどに不可解さが増していた。

　どことなく薄気味悪いものを感じて三人とも押し黙ってしまうが、その沈黙を阿久津の声が破る。

「ああ、思い出した。これ、縁切り神社の『形代』だ」

「カタシロ、ですか？」

阿久津から渡されて、亜寿沙はその紙切れをまじまじと見つめた。

「そう。通称・縁切り神社。正式名称は安井金比羅宮《やすいこんぴらぐう》っていう。祇園《ぎおん》の近くにある神社で、悪縁を切って良縁を結んでくれるっていうんで人気の神社だよ。そこで使われている『形代』というやつだ。ここに、願いごとを書いて境内にある縁切り縁結び碑《いし》っていうのに貼ると願いが叶《かな》うって言われているんだ」

そういう人気のスポットなどには疎い亜寿沙は初めて聞く神社だったが、猿渡は阿久津の言葉でピンと来たようでパッと顔を輝かせた。

「あ、あそこか！　俺、知ってます！　妹が行ったって言ってました。めちゃめちゃ強力に縁切りしてくれるってんで有名なとこですよね。あいつ、当時ちょっとストーカーっぽい人につきまとわれてたんっすけど、あそこで祈ったらテキメンだったって言ってました！　相手が急に病気になったとかで遠方の実家に帰ったんで、つきまとわれることがなくなってありがたかったんっすよね」

「妹さんの元彼とかそういうのか？」

阿久津の言葉に、猿渡は苦笑混じりに首を横に振る。

「単なるバイト先の先輩っす。当時バイトしてたファストフード店の一年先輩だとかで、なんか気さくに話しかけてくるなと思ってたら、待ち伏せされたりつきまとわれたりするようになって、一時はうちの実家に避難したりもしてたんっす」

「うわぁ……」

思わず亜寿沙は声をあげた。

猿渡は女性の亜寿沙よりも少し小柄で、顔も男性にしては柔和で可愛らしい見た目をしている。彼の妹さんならきっと、さぞ可愛らしいことだろう。

「そりゃ、災難だったな。あそこの神社はそういう悪縁を、多少無理やりにでも切ってくれるって有名だからな。縁切りを願った相手じゃなくて、自分が病気になって実家に帰ることで縁が切れたってケースも聞いたことがあるから、そうならなくてよかったじゃないか」

「まじっすか……ひえっ」

なかなかパワーの強い神社のようだった。

亜寿沙も今後縁を切りたい人間が出てきたときにお願いしてみたい気持ちにもかられるが、やるとなったら神様の縁を切るパワフルさにちょっと尻込《しりご》みすることだろう。

「で、この形代に書かれている『山際綾子』っていう名前だけど、これがガイシャの名前かどうかは今、うちの強行三係だかここの刑事課だかで調査中なんだろうな。ってなわけで、俺たちはこの山際綾子って人物が縁を切りたかった人間を捜しに行くとするか」

「……え。目星はあるんですか？」

まだ山際綾子なる人物がどこの誰なのかすら分からないのに、その人にかかわる人間をどうやって捜すんだろうと亜寿沙が不思議に思っていると、阿久津が小さく口端をあげて苦笑する。

「安井金比羅宮には縁切り縁結び碑ってのがあって、形代はそこに貼るものだって言っただろ？　これは千切れた下半分だから、もしかするとまだ上半分が碑に貼られたままかもしれない。もし上半分を見つけることができたら、そこにはこの文章の前半部分が書いてあるはずだ」

「じゃあ、そこに彼女が縁を切りたかった人の名前が書いてあるのかも、ってことですか？」

「そういうこと。猿渡、ちょっとその形代の写真とらせてもらってもいいか？」

阿久津の頼みに、猿渡は快く応じた。

「どうぞ。こうした方がとりやすいっすかね」

猿渡は写真がとりやすいように形代のはいった証拠品袋を長テーブルに置いた。

彼が動くたびに、ふわりと青リンゴのような化学香料の香りが亜寿沙の鼻をくすぐる。最近どこかで嗅《か》いだ香りだ。考えるまでもない。さきほどまで阿久津の服から香ってきていたものと同じ香りなのだ。

「もしかして、コインランドリーで阿久津係長のシャツを一緒に洗濯した知り合いって、猿渡鑑識官ですか？」

突然そんなことを口にしだす亜寿沙に、阿久津と猿渡はきょとんとした顔をする。

「そうだけど……ああ、そうか。柔軟剤の香りでわかったのか」

「はい」

真面目に頷《うなず》く亜寿沙。阿久津は口元をほころばせると、まだわけがわからないという顔をしている猿渡に教えた。

「彼女は人一倍嗅覚《きゅうかく》が鋭いんだってさ。お前、柔軟剤の使用量少し多すぎるらしいよ」

「へ？　そんなことで一緒に洗ったとかわかったんすか？……あー、たしかに、適当に入れてたっすね。昔からよく大雑把すぎるとか言われるっす。あ、もちろん、仕事では丁寧さを心がけてるっすよ！」

慌ててそう付け加える猿渡だったが、

「わかってるって」

阿久津にそう言われてほっとした表情になる。

そして今度は、面白いものを見るような目で亜寿沙を眺めてきた。

「それにしても彼女、今度特異捜査係に入った子でしょ？　どんな子なんだろう、あの係でやっていけるのかなって噂になってたんすが、面白い子っすね」

馬鹿にされているような気がして亜寿沙はきゅっと眉間《みけん》に皺《しわ》を寄せた。

「何が面白いんですか？」

つい声音が強くなるが、猿渡は気にした様子もなくニコニコしている。

「阿久津さんの下で働くの、普通の子だったらきついんじゃないかなって思ったんすよ。だけど、いやぁ阿久津さんと同じくキワモノっぽくて良かったなって」

「キワモノ……」

この半日一緒にいただけでも、阿久津が刑事部内で変わり者扱いされていることは薄々感じていた。

しかし自分もそれと同じくキワモノの部類だとみられたことに、亜寿沙の眉間の皺はますます深くなる。

これまで最速で昇進してきた自分はエースやエリートとしてみられることは多かったが、キワモノなんて評価は初めてだ。不本意この上ない。

むっとしたオーラを全身に漂わせる亜寿沙を、阿久津は苦笑を浮かべてやり過ごしていた。

通称・縁切り神社。

正式名称を安井金比羅宮という。

　北野署を出た阿久津と亜寿沙は、循環系統206番のバスで八坂《やさか》神社前で降りたあと、祇園の花見小路《はなみこうじ》を南へと進んでいた。

「安井金比羅宮は、藤原鎌足《ふじわらのかまたり》がお堂を創建して家門や子孫のために祈ったことに始まる由緒ある神社なんだ。当時は見事な藤が植えてあったらしくてな。もとは藤寺と呼ばれていたんだそうだ」

　藤は小さな薄紫の花をたくさんつけて房状に垂れる上品で可愛らしい樹木だ。

「きっと、とても美しいお堂だったんでしょうね」

　少し前を歩く阿久津について歩きながら、亜寿沙はいにしえの境内を想像してそんなことを口にする。

「さぁなぁ。なんせ千年以上前の話だから今となっちゃどうにもわからんが、その藤を崇徳《すとく》上皇がたいそう気に入っていたとかで、寵妃《ちょうき》である阿波内侍《あわのないし》を住まわせたんだとさ」

　当時の天皇の愛する人を住まわせた、紫の花に彩られたお堂。

　縁切り神社といううすら怖さを感じる俗称や、今回の事件で切られた手首がこの神社の形代を握りこんでいたという事実から、どうしてもおどろおどろしいものを想像してしまっていたが、その歴史は意外にもロマンティックだった。

「でもその後、崇徳上皇は保元《ほうげん》の乱に敗れて讃岐《さぬき》に流され、最愛の阿波内侍とは二度と会うことなく生涯を終えた。そのことからこの神社に祀《まつ》られている崇徳上皇は後世の人々が彼のような悲しい目にあわないようにってんで、幸せな男女の縁を妨げる全ての悪縁を切ってくれるんだそうだ」

「それで、縁切り神社って呼ばれているんですね」

「男女の縁だけでなく、あらゆる人間関係の悪縁や、病気、それに酒や煙草との縁も切ってくれると言われてるらしい」

京都市街の東部、祇園の花見小路を南へ抜けて建仁寺《けんにんじ》の横を東へ曲がり、しばらく歩くと鳥居が見えてくる。

その鳥居をくぐった瞬間、祇園の華やかさとは違う不思議な感覚に包まれた。

それほど広くない境内には、平日の昼間だというのにたくさんの人の姿が見える。

ぱっと見た感じ若い女性が多いように見受けられるが、男性やカップルなどもちらほらお参りしていた。

そこで、亜寿沙はさきほど感じた不思議な感覚の正体に気づく。

静かなのだ。

これだけたくさんの人が集まっているのに、話す声があまり聞こえてこない。みな静かに自分のやるべきことを淡々とこなしている。そんな空気を感じた。

息を潜めるようにして本殿の前に立つと、亜寿沙は挨拶《あいさつ》代わりに手を合わせた。

（えっと……神社は手を打つんだっけ、打たないんだっけ）

それすらわからずまごついていると、隣で阿久津が本殿に向かって二度深くお辞儀をした。つづいて鳴り響くように二度手を打ち合わせて、

「二礼二拍手一礼だよ。神社のお参りの基本はな」

と教えてくれる。

「そ、それくらい知ってます」

なんとなく子ども扱いされたような気がして、亜寿沙はついそんな言葉を返してしまう。

気を取り直し、初めから知っていたかのように二礼二拍手をしてお参りを済ませる亜寿沙に、阿久津はくすりと小さく笑った。

「そんで、そこに並んでる人の列の先にあるのが、例の縁切り縁結び碑だ」

言われたとおり、本殿の横に整然と並んだ人の列が見える。

「この先ですか？」

その先に何があるのかと列の前方をひょいっとのぞいてみた亜寿沙は、社務所と本殿の間に建てられたソレを見て、ぞわっと全身の毛が逆立った。

一瞬、白髪の巨大な頭がそこにあるのかと思ったのだ。

よく見ると髪でも頭でもないことはすぐにわかったのだが、それはいままで見たこ

とのない異様な姿をした碑だった。

高さ一・五メートル、幅三メートルほどの白い塊。

全体に白く見えるのは、碑全体を覆い尽くすほどに白い紙が重ねて貼られ、盛り上がった紙が垂れ下がらんばかりになっていたからだ。

おそるおそる近くまで行ってみると、その白い紙一つ一つに黒字の模様とペンで書き連ねられた文字があった。

その白い紙には亜寿沙も見覚えがある。

切られた手首が握りこんでいた、あの『形代』と同じものだった。

「これが、縁切り縁結び碑……」

「ああ。形代に願いを書いて手に持ったまま、頭の中で願いを唱えながらあの穴の中をくぐってまたもどってくる。そんで、最後に縁切り縁結び碑に形代を貼り付けると願いが叶《かな》うって言われてるんだ」

縁切り縁結び碑の中央下部にぎりぎり人が四つん這《ば》いになれば出入りできる大きさの穴が開いている。

並んでいた参拝客は碑の前で一礼したあと、形代を手に持って穴に入って戻ってきてまた一礼してから、碑の裏にある台でノリをつけると碑に形代を貼り付けていた。

「なんか願っていくか？」

阿久津に言われたが、亜寿沙はしばらく縁切り縁結び碑と参拝客たちを眺めたあと、ゆるゆると頭を横に振った。

「やめときます。私にはいま、どうしても切りたい縁とかないですし」

強行係に配属されるよう良縁を願ってみることもちらっと頭をよぎったが、今日配属されたばかりでそれを願うのは神様にもう少し辛抱しろと叱られてしまうだろう。

「阿久津係長は願うこととかないんですか?」

「係長なんていうガラじゃないから、さんづけでいいよ」

「じゃあ、阿久津さん」

「うーん。そうだなぁ。俺も願いたいことがないわけじゃないが、俺の場合は余計面倒なことになりそうだからやめておくよ。それにしても、貼られてる形代が随分多いな。こりゃ、二人で手分けして捜しても時間がかかりそうだ」

阿久津は碑を眺めて、がしがしと頭を掻《か》く。

そうだ、すっかり観光気分になっていたが、ここには捜査の一環として来たんだった。

このまるで髪の毛かと思うほどに何重にも重ねて貼られた形代の中から、あの手首が握りこんでいた形代の上半分を見つけなければならないのだ。

「俺は、ちょっと神社の人に事情を話してくるから、岩槻は境内の周りに何か気になるものがないかざっと見てきてくれ。あと、ついでに防犯カメラの場所も」

「はい。了解しました」

いったん阿久津と別れた亜寿沙は、境内の中をつぶさに見て回り、ついで鳥居を出てぐるっと周りを回ってみた。

いまはまだ被害者、加害者ともに何の手がかりもなく、あの形代を書いた主がここをいつ訪れたのかの目星もつかないため、これだけたくさんの人が訪れる人気スポットで防犯カメラ映像をただ漫然と見たとしても何の手がかりも得られないだろう。

それでも、いつ防犯カメラの映像が必要になるかわからないから、念のために場所だけは確認しておく必要がある。

神社の中には防犯カメラの類《たぐ》いは見当たらない。

境内への入口は三か所。それぞれに鳥居があり、先ほど亜寿沙たちが入ってきたのはどちらかというと裏口ともいうべき出入口のようだった。

正面の鳥居は東大路通《ひがしおおじ》という大きな通りに面しているが、それ以外の二つの鳥居は住宅街の狭い道路に面しており、どこにも防犯カメラの類いは見当たらなかった。東大路通を少し下ったところにコンビニがあったから、防犯カメラがあるとするとそこぐらいか。

それを確認して境内に戻ると、鳥居のそばで阿久津が待っていた。

「お疲れ。神社に捜査の許可はとったぞ。でもいまは混んでるから、形代を捜すのは人のいなくなる夜にしてくれってさ」

「夜って、ここは何時までやっているんですか？」

「社務所が閉まるのは夕方らしいが、境内には二十四時間入れるって」

そこでリリリーンリリリーンという黒電話のような音が響いた。阿久津がポケットからスマホを取り出すと耳に当てる。

「はい、阿久津です。はいっ。はい……わかりました。やっぱ、立つんですね。すぐに戻ります」

それだけ手短に答えると、彼はすぐに通話を切って亜寿沙に視線を向ける。

「課長からだ。捜査本部が立つってさ」

「警察本部にですか？」

「いや、北野署の方。俺たちもそっちに派遣になるから、いったん北野署に戻ろう。被害者も割れた。一週間前から行方不明者届が出ていたそうだ」

形代の上半分を捜すのはひとまず後にして、亜寿沙たちは捜査本部が立つという北野署へ再び戻ってきた。

捜査本部となった広い会議室には長テーブルが所狭しと並べられている。

そこに北野署の刑事たちと警察本部から派遣された刑事たちが肩を並べて座っていた。最後尾の席に亜寿沙と阿久津も腰を下ろす。

まだ刑事歴一年と一日しかない亜寿沙にとって、こんな大規模な捜査本部に参加するのは初めての経験だ。自然と緊張で顔が引き締まるが、隣に座る阿久津は早々にテーブルに突っ伏して寝てしまった。

まったく、この人は始終眠そうにしていて、シャキッとする瞬間がまるでない。

なんでこんな人と一緒に刑事の仕事をしなければならないのかいまだに納得がいかないが、嘆息一つついて心中のもやもやを吐き出した。

そして、音を立てないように気をつけながら自分の座るパイプ椅子をそっと彼から椅子一個分ほど離した。彼と同類に見られることが堪《たま》らなく嫌だったから。

少しでも功績をあげて、一刻も早くこんなだらしない上司の下からおさらばしなければと今日何度目かしれない決意を新たにする。

捜査本部の方はというと、まだ殺人事件か傷害事件かも定かではないにもかかわらず、集められた人員の数は予想以上に多かった。

一番後ろの席にいるため、背の高い亜寿沙はちょっと背筋を伸ばせばすぐに室内が見渡せる。ざっと数えてみたが、百人近くいるようだ。これは、市内の他の警察署からも人員が集められているに違いない。

「随分、たくさんいるのね」

ぽつりとそんな独り言が口から漏れた。

すると、すーすーと気持ちよさそうに寝息を立てて熟睡しているとばかりに思えた阿久津が、テーブルにつっぷしたままのっそりと顔だけこちらに向けた。

「行方不明になってる被害者の捜索も兼ねてるからだろうなぁ。まだ生存している可能性が捨てきれない以上、いっきに人員投入して捜索を進めるつもりだろう。近隣の署からも応援にきてもらってるはずだから、岩槻の前の同僚たちもいるんじゃないか?」

阿久津に言われたとおり、よく見ると見慣れた後ろ頭がいくつか固まって座っていた。昨日まで彼らと一緒に仕事をしていたのに、既になんだか懐かしさを覚える。ちょっと戻りたい気持ちも湧いてきた。いや、ちょっとじゃないかもしれない。

そのとき、会議室の前方のドアが開いて数人の男たちが入ってきた。その中で一際若いにもかかわらずエリート然としたオーラを纏《まと》わせている人物がいる。

この捜査本部の本部長である、風見管理官だ。

彼はみなの前に立ち、凛《りん》としたよく通る声で話し始めた。

いい男は声まで良い。

風見は急な招集にもかかわらず集まってくれた刑事たちへ感謝を述べ、一刻も早く被害者発見に努めてほしいと激励の言葉を投げた。

　本部長の話が終われば、副本部長を務める徳永強行三係長が事件の説明に移る。

「本日午前十時過ぎ。堀川通でゴミ収集車が炎上した。発火元をつきとめるために車からゴミを出して調べていたところ、焼けたレジ袋の中から女性のものと思《おぼ》しき切断された右手首が発見された」

　徳永係長の話に合わせて、ホワイトボードに投影された写真が変わっていく。

　被害者は、山際綾子という女性でほぼ間違いないだろうとの見解を示した。

　彼女は一週間前の三月二十五日に勤務先の株式会社洛北《らくほく》エステートを午後八時頃に退社したものの、それ以降の行動がつかめておらず行方不明となっており家族が行方不明者届を出していた。

　彼女の部屋にあったレシートから通っていたネイルサロンも判明している。そのネイルサロンに確認をとったところ、爪にしていたジェルネイルのデザインからしてほぼ山際綾子に間違いないとのことだったが、正式な確定は科捜研のDNA検査の結果を待つことになる。

　二十八歳。OL。家族から借りてきたという写真に写るのは、黒い髪を肩までおろした地味で大人しい印象の女性だった。

　また、燃えたレジ袋は京都市内に多くあるスーパーマーケットのものと確認がとれたと、他の刑事から報告もあがる。

そうやって現在わかっている事柄について情報共有がなされたあと、さらにこれからの役割分担が発表された。

阿久津が言ったように、多くの人員が割かれているのは山際綾子の捜索だった。

警察本部の強行三係と北野署の刑事たちは、引き続き加害者の捜査にまわる。

阿久津と亜寿沙の特異捜査係は現状の捜査を続けて構わないとのことだったので、このあと再び安井金比羅宮に戻ることになった。

捜査本部の会議が終わり、刑事たちがバラバラと会議室から出て行く。

「さてと。俺たちも現場に戻るか」

両腕をあげて気持ちよさそうに伸びをする阿久津。亜寿沙は、情報を書き留めていた手帳をパタンと閉じてトートバッグにしまった。

「綾子さん、早く見つかるといいですね」

生きた状態で保護されることを祈っている。でも、もしすでに命がない状態だったとしても、早く見つけてあげたい。待っている家族のところに返してあげたい。

阿久津も同じ考えなのだろう。

席を立ちながら静かな声で「そうだな」と返してくる。

まだ生死不明な現時点では、生存していることに賭《か》けて捜索せざるをえない。

しかし、実際のところ、生きている人間の手首を切り落とすのは非常に困難だ。どれだけ薬や酒で意識を失わせようとしても、手首を切られる激しい痛みで抵抗されるのは必定だろう。血も大量に出るに違いない。

加害者が何らかのメッセージを発したい強い欲望があるならまだ、そういう困難な方法をとることも考えうるが、現実は違った。

手首は隠すように新聞紙に包《くる》まれて、レジ袋に入れられて一般ゴミとして捨てられていたのだ。

ゴミ収集車が火事にならなければ、あのまま普通にゴミ処理場に運ばれて他のゴミとともに燃やされ跡形もなく灰になっていただろう。

あの手首が発見されたことは奇跡に近い。

それを考えると、山際綾子は既に殺害されていて、加害者は彼女を殺害したあと身体をバラバラにして一般ゴミに隠して処分しようとした。その一部が偶然発見されたと考えるのが一番自然に思えるのだ。

手に施されたジェルネイルは控えめながらも可愛らしいものだった。

亜寿沙も夏になるとネイルサロンを訪れて、フットネイルをしてもらっている。警察官という仕事がら手の指にジェルネイルはできないが、足なら仕事中はパンプスに隠れてしまうからだ。

爪を磨いてもらい、可愛らしく彩られていくのを眺めていると気分が上がって楽しくなる。オフのとき、サンダルの隙間から綺麗《きれい》に仕上がったネイルが目に入ると嬉《うれ》しくなる。

山際綾子も、自分と同じ気持ちでジェルネイルを施してもらっていたんじゃないだろうか。

そんな彼女がなぜ、右手首を切り離されてゴミに出されるようなことになったのだろう。

「早く、みつかるといいです」

もう一度、同じことを亜寿沙は繰り返した。今度は唇を噛《か》みしめて。

悔しかった。そうやって、自分と同じように日々を些細《ささい》な喜びで彩って生きていたかもしれない彼女が、どうしてこんな酷い目に遭わなければならなかったのか。そのことが悔しくて堪らなかった。

「そうだな。そのためにも、俺たちは俺たちのやるべきことをやらないとな」

阿久津の言葉に、亜寿沙は大きく頷《うなず》いた。

彼女は縁切り神社に祈ってまで誰と縁を切ろうとしていたのか。それが分かれば、重要な手がかりになるかもしれない。

形代の上半分に書かれているのは、加害者の名前かもしれないのだから。だから、まずは千切れた形代の上半分を見つけ出すことが大事なのだ。

境内での形代捜しは他の参拝客がいない時間帯にしてほしいと神社側に言われたこともあって、亜寿沙と阿久津が再び安井金比羅宮を訪れたのは深夜十二時を少しまわったころだった。

「やっぱり、夜になると雰囲気が全然違いますね」

ここの境内は二十四時間開かれてはいるが、さすがに深夜となると境内に人影は無く、ところどころにつけられた照明がスポットライトのように辺りを照らしている。

昼間来たときも静かな境内だなと思ったが、いまは昼間とは全然違う静けさが漂っていた。

物音一つしない境内。

昼間とは違う建物の陰影が、まるでどこか知らない世界に迷い込んでしまったようなうすら怖さを感じさせる。

時折耳をかすめる表通りの車の音が、どこか遠くに聞こえた。

建物の陰に何かおそろしいものが潜んでいるような、そしてこちらをじっと窺《うかが》っているような、そんな想像をしてしまって怖さに足が止まる。

「いやいや、だめだめ。仕事なんだから」

亜寿沙はぶんぶんと頭を横に振ると、怖い妄想を振り払って大股《おおまた》で参道を歩いて行く。

本殿の前で一瞬足を止め、軽く会釈をしてから足早に通り過ぎた。

その先に進むと、目の前にあの縁切り縁結び碑が見えてくる。

そこにあるとわかっていたのに、見た瞬間腕にぞわっと鳥肌が立った。

白い形代を大量に纏う異様な碑。

昼間に初めてこの碑を見たときも驚いたが、照明に照らされて夜の闇の中に浮かび上がる姿は、日の光に照らされたときよりも一層凄《すご》みを増していた。

今からこの碑をつぶさに調べて、山際綾子の手首が握りしめていた形代の上半分をみつけなければならない。

ごくりと生唾《なまつば》を飲み込んで、懐中電灯の入ったトートバッグを抱きしめる。

碑に近寄らなきゃと思うのに思うように足が動かない。これ以上近寄りたくないという気持ちが強くなる。

そのとき、肩をポンポンと数回軽く叩《たた》かれた。

振り向くと、すぐ後ろに阿久津が立っていた。

「軽くなっただろ？」

「へ？……あ、あれ。ほんとだ」

さっきまで鉛のように重くなっていた身体が急にすっと動きやすくなっていた。足の重さも感じない。まるで、肩に載っていた重荷がとれたかのようだ。

「ここは縁切り神社っていうだけあって、切羽詰まった願いを託しにくる人も多い。だからどうしても人の思いや念といったものが溜《た》まりやすくなってしまって、寄りついてくることがあるんだ。そういうのは軽く叩いてやると離れていく」

「人の思いや念、ですか？」

何を言っているんだろう、という目で阿久津を見た。

亜寿沙はオカルトや幽霊の類《たぐ》いを一切信じてはいない。

さっきのは、単に昼間とは違う場の空気に呑《の》まれて恐怖心から身体が動かなくなっていただけのこと。

それを見えない何かのせいにするだなんて、馬鹿馬鹿しい。

「昼間とは雰囲気がちがってて、ちょっと驚いただけです。そんなことより、早いとこやっちゃいましょう」

「……そうだな」

阿久津はまだ何かいいたげだったが、諦《あきら》めたように肩をすくめた。

亜寿沙はトートバッグをがさごそまさぐって懐中電灯を取り出すと、縁切り縁結び碑に貼られた形代を一枚一枚調べていく。

しかし、やっぱり数が多い。

千切れた形代なら他のものと形状が違うからすぐに見つかるかと思っていたが、認識が甘かった。形代は上にどんどん重ねるように貼られており、場所によっては紙の重さで形代の塊がいまにも地面に落ちそうなほどの量になっている。

それを一枚一枚めくって、千切れた形代を捜していく。

片手に懐中電灯を持ちながらの作業ということもあって、なかなか思うように進まない。

碑の反対側で同じように形代捜しをしている阿久津に目をやると、なぜか彼は懐中電灯ももたずに作業をしていた。

しかも彼がいる側は、照明のある場所から離れている。碑自体の陰になって手元なんてほとんど見えていないんじゃないだろうか。

「阿久津さん。懐中電灯忘れたんですか？　それでしたら、比較的明るいこちら側の方を捜してください。私がそちら側を見ますから。それか、コンビニで懐中電灯を買ってきましょうか？」

たしか東大路通を少し下ったところにコンビニがあったはずだ。

しかし彼は、

「いや、いいよ。俺、夜目が利くんだ。この方がやりやすい」

と言って、中腰になったままどんどん形代をめくっていく。

亜寿沙にはほとんど真っ暗に思えるほど彼の手元は暗いが、機敏な動きで亜寿沙よりも早く形代を探っていた。

日中はあれほどまでに始終眠そうでだるそうにしていたのに、いまはそんな気配は微塵《みじん》もない。

この人、完全に夜型なんだろうな、と亜寿沙はそう納得した。

逆に亜寿沙の方がうっかりするとアクビが出てしまう。

何か話でもしていないと、寝落ちしてしまいそうだ。

眠くなれば作業効率が落ちる。見落としてしまう原因にもなりかねない。

亜寿沙は眠気覚ましもかねて、今朝からずっと気になっていたことを阿久津に尋ねてみた。

「ところで、ずっと気になってたんですけど、『特異捜査係』って何の捜査をする係なんですか？」

捜査第一課は殺人や強盗、誘拐などといった強行犯を扱う部署だ。その中に、強行一係から八係まであり、さらに児童虐待を捜査する児童虐待捜査指導係や、長期未解決事件を捜査する特命捜査係、火事事件をメインに捜査する火災犯罪捜査指導係などがある。係によって扱う事件のタイプが決まっているのだ。

では、特異捜査係はどんな事件を担当する係なのだろう？　しかも二人だけの係で、昨年度までは阿久津一人だったというのだからますますわからない。

亜寿沙の疑問に阿久津は手を止めると、しばらく考えてから弱ったなぁというように頭を掻《か》いた。

「まだ言ってなかったっけか」

「……そんなに言いにくい部署なんですか」

亜寿沙も形代捜しの手をとめる。言いよどむほどの事情のある部署なのだろうかと不安が大きくなる。そもそも配属されて丸一日近く経つのに、具体的な捜査対象を聞かされていないこと自体が尋常ではない。

「いや、うん……まぁ。さっきの反応見てても、岩槻がそういう系統のことを嫌ってるのがわかったしなぁ」

「さっきの反応？」

一瞬何を言っているのかわからなかった。そんなまずい反応なんてしただろうか。

わけがわからずきょとんと彼を見返すと、阿久津は空中を三度叩く真似をした。

それで、先ほど阿久津に肩を叩かれたときのことを思い出す。

そのとき自分は何と言ったか……。

「あ！……え。オカルトとか幽霊とかそういうもののことを言ってるんですか？」

先ほど亜寿沙は確かに、そういう類いのものは信じていないと態度で示した覚えがある。

「まぁ、それに近いな。うちの『特異捜査係』は通常の捜査の対象からは外されてしまう超常的なものや怪異と呼ばれるものを考慮した捜査を行う。もっと平たく言うと、幽霊だったり、君がいうオカルト的な不思議な現象だったり、目に見えない存在だったり、そういうものが残してくれたヒントも考慮して捜査をするってことだ」

「…………！」

声が出なかった。

なんなのだ、そのふざけた業務内容は。

呆《あき》れて、二の句がつげない。

「……そんなもの、何の証拠にもなるわけないじゃないですか！　ふざけないでください っ」

だって幽霊や目に見えないものは、人が恐怖やストレスにさらされたとき、または何らかの精神疾患などを原因として脳が作り出してしまう幻想にすぎないからだ。

そんなものを利用して捜査しようなどと、馬鹿げているにもほどがある。

昼間見た、徳永強行三係長のどこか馬鹿にした態度も今となれば頷《うなず》けた。

正気の沙汰《さた》じゃない。心の中で膨れ上がる阿久津への不信感を心の中だけで押しとどめることができず、語気が強くなった。

しかし阿久津にはまるで暖簾《のれん》に腕押し。彼は軽く肩をすくめると、ひょうひょうとした様子で亜寿沙を眺めてくる。

「でも実際に、そういう方面からの捜査で事件の解決を見ることもあるんだ。俺は昔、とある事件を追っているときに鬼に嚙《か》まれてから、鬼の性質を帯びちまったんだよ。そのおかげで怪異に遭遇することが多い。そこから得た証拠やヒントを元に捜査していたら成果を多くあげるようになったが、周りにはなかなか理解されにくい。だから、風見管理官が俺が自由に動けるようにってんで上に進言してくれて俺だけの係が作られたんだ。まぁ、他の係から厄介払いされたともいえるけどな。そして今日、いやもう日が変わって昨日のことか。君が配属されてきて二人態勢になったってわけだ」

つまり、亜寿沙は阿久津が厄介払いされた係に配属されたということだ。それはイコール自分も閑職へ追いやられたことと同義だ。

もしくは、彼の監視役でも期待されているのか。

しかも、今度は鬼と来た。彼はどこまでそんな非現実的な話をするのだろう。もしかして本気で信じ込んでいるんだろうか？

だとしたら、彼のことが本気で心配になってきた。

「あ、あの、阿久津さん！　それってたぶんストレスなどからくる幻視とか幻聴とか言われるものじゃないかと……」

「あ、あった！　これだ！」

意を決して忠告した亜寿沙の言葉は、阿久津の歓喜の声で打ち消される。

「あったって……え、形代の上半分ですか……？」

亜寿沙も阿久津のそばへ駆け寄ると、阿久津は形代の束を手で持ち上げるようにして、その下に貼られていた小さな紙切れを指さした。

懐中電灯で照らしてみると、それはたしかに下半分が千切れ、上半分だけになった形代だった。

すぐに亜寿沙はトートバッグの中からスマホを取り出すと、北野署で写真にとってあった手首が握っていた形代の写真と照合する。

千切れた部分がピタリと一致した。筆跡も同じだ。

「間違いなさそうですね。これが、山際綾子さんが握っていた形代の片割れ」

「そうだな。そして、彼女が別れたかった相手のことも書いてある」

そこには黒サインペンで『Aさん』と書かれていた。

上下の形代を合わせると、『Aさんと縁が切れますように。山際綾子』となる。

これが山際綾子が安井金比羅宮に祈った願いごとの全貌《ぜんぼう》だった。

翌日、手首のDNA検査の結果が出た。

やはり予想通り、手首から検出されたDNAは山際綾子の自室にあったブラシの髪の毛から検出されたDNAと完全に一致した。

これにより、被害者は山際綾子と確定される。

しかし、それからさらに数日経っても、捜査本部の刑事たちによって行われた地取り捜査は芳しい成果をあげられなかった。

地取り捜査とは捜査対象周辺に住む近隣住民への聞き込みをいう。

手首入りのレジ袋をゴミ置き場に捨てた人物は、燃えたゴミ収集車の収集ルート近くに住んでいるか、もしくは仕事などで頻繁に訪れる人物なのではないかと当たりをつけて近辺の聞き込みが行われていたが、当日あやしい者を見たという情報は多数あがってはくるものの信憑性《しんぴょう》性のあるものはほとんどなかった。

防犯カメラ映像の調査でも、特段怪しい動きをする人物はみつけられていない。

山際綾子の自宅は伏見《ふしみ》区にあるためゴミ収集車の収集ルートとは一致しておらず、彼女の自宅からは血痕《けっこん》らしきものも争ったあともみつからなかったため、彼女は自宅以外の場所で手首を切られたと考えられた。

山際綾子の目撃情報も集まらず、彼女の捜索も暗礁に乗り上げている。

彼女は三月二十五日に株式会社洛北エステートを午後八時頃退社したあと、忽然《こつぜん》と姿を消したままだ。

株式会社洛北エステートはJR京都駅の南側にある。通常はそこから近鉄京都線《きんてつきょうと》で南下し、自宅のある伏見駅で降りるのが通勤ルートだったようだ。

実際、その前日前々日には退社したあと駅の防犯カメラ映像で彼女の姿が確認できていた。

しかし、三月二十五日は会社を出たあと、いつもと違う方向に歩いて行ったことまでは会社近くのコンビニの防犯カメラ映像から確認できたものの、それより先の行動は追跡できていない。

繁華街を通り過ぎてしまえば防犯カメラの数も格段に少なくなる。

交通機関の記録によると、三月二十五日の夜以降に彼女が自分の交通カードを使った形跡はなく、彼女らしき女性を乗せたというタクシー会社も見つかっていない。

そんな中、阿久津たちが安井金比羅宮で発見した形代に書かれていた「A」というイニシャルは、大きな手がかりとなっていた。

早速、彼女の会社、交友関係、親類関係からAというイニシャルを持つ人物が徹底的に洗い出され、彼らを参考人として北野署で話を聞くことになった。

人手が必要なため阿久津と亜寿沙も、任意聴取の班に回される。

北野署で参考人二人の任意聴取を終えて警察本部の自分のデスクに戻ってきた亜寿沙は、腰を下ろすやいなや深い嘆息を漏らした。手の中に包み込むように持ったマグカップのあたたかさとコーヒーの香ばしい香りが、疲れを癒やしてくれるようだった。

「なかなかそれっぽい人がいませんね」

もちろん参考人たちから聴取した話を鵜呑《うの》みにするわけではない。しっかりと裏付け調査はするのだが、それでもいまのところ任意聴取した参考人からはめぼしい当たりをつけられないでいた。任意聴取にあたる他の班でも同様のようだ。

今日聴取した相手もしっかりとしたアリバイがあるようで、容疑者の可能性は限りなく低いように思えた。

「まぁ、こういうのは気長にやってくしかないさ」

向かいに座る阿久津にそう慰められる。

「そうですよね……」

小さく息をつくと、こくりとコーヒーを一口飲み込んだ。

捜査はときに長期に及ぶこともある。しかし、今回はいまだ被害者が発見されていない。死んでいるのか生きているのかすらわからない。

その状況でいたずらに時間ばかりが過ぎていくのがもどかしい。

と、そこに、

「やぁ、元気にやってるかい？　それに岩槻さんも着任早々大きな事件に出くわして大変だったね。ここの職場にも、少しは慣れたかな？」

長身の男が阿久津の肩にポンと手を置きながら、亜寿沙にも労《ねぎら》いの言葉をかけてくれた。

風見管理官だ。

「は、はいっ」

驚いた勢いで、手の中のコーヒーが零《こぼ》れそうになる。

風見管理官は年齢こそ若いが羽賀捜査第一課長に次ぐ地位の人。

職層でいえば、羽賀課長と同じ警視だ。そのうえ彼はキャリア組。これからどんどん出世して、警察行政の中枢を担っていくお方だ。

ついでに今回の事件の捜査本部長でもある。

そんな偉い人に声をかけられて、反射的に背筋が伸びる。

それなのに阿久津は、風見の顔を見るやうっとうしそうにその手を払った。

「ぼちぼちやってるよ。なんかご用ですか？　風見管理官」

それにどこか、返答がぞんざいだ。

係長級の阿久津は警部補のはず。二階級も上の相手に対する態度とは思えず、亜寿沙は内心はらはらしていた。

しばらく一緒に行動してみて、阿久津は始終けだるそうで眠そうではあるが、決して礼儀に悖《もと》るタイプではないと感じていただけに意外だった。

しかし、風見管理官は気にした様子もなく、親しげな調子で阿久津に話し続ける。

「相変わらずだな。顔色が良くないぞ。ちゃんとご飯食べてるか？」

「放っておいてくれ。元からこんな顔色だよ」

「まぁ、たしかにそうだったかな。今度、ひさしぶりに一緒に晩飯食べにいかないか？　先斗町《ぽんとちょう》にいい小料理屋を見つけたんだ。岩槻さんも一緒にどうかな」

「いいよ。お前一人で行ってこい」

「そう言うなよ。せっかく京都に赴任したのに、なかなかゆっくり出歩く暇もなくてさ。ようやく自力開拓した初めての店なんだから」

「そりゃ、管理官は忙しいだろうな。どんどん上に昇らなきゃいけない人は大変だろう」

「なんで他人事《ひとごと》みたいに言うかな」

風見管理官が苦笑を浮かべる。イケメンは、どんな表情をしてもやっぱりイケメンなんだななんて亜寿沙はつい思ってしまった。

と、そのとき管理官席の方から「風見管理官。ちょっとよろしいですか」と徳永強行三係長が呼ぶ声が聞こえた。

何か相談したい案件があるようだ。

「おっと、呼ばれちゃった。じゃあ、また。今度、メールするよ」

早口でそう言うと、風見管理官は自席へ戻っていった。

風のようにきて、風のように去って行く人だなぁなんて風見管理官の後ろ姿を見送ったあと、亜寿沙ははっとする。

「もしかして、私も一緒にご飯食べにいくんですかっ⁉」

あんな偉い人とご飯を食べにいくだなんて、歓送迎会の大人数くらいでしか経験がない。

何を話せばいいんだろうと今から心配になる亜寿沙を見て、阿久津は小さく笑みを浮かべた。

「嫌なら嫌って言っておくよ」

「い、いえっ、決してそんなわけじゃ……」

お断りするのも、気が引ける。

迷う亜寿沙に阿久津は気遣うように言う。

「まぁ、あんまり気負わなくても大丈夫だよ。あいつはそういうの気にするタイプじゃないし。単に新人を労って、不満とか愚痴とか聞き出したいだけだろ」

「そ、そうなんですか……。それにしても、阿久津さん。風見管理官と親しいんですね」

飛ぶ鳥を落とす勢いのキャリア組と、出世には全然興味なさそうな閑職刑事。

なんだか意外な組み合わせに思えた。

「そうだな。一応、同期だしな、あれ」

「同期？」

「そう。大学でも同期でゼミも同じだったし、警察庁に入ったのも同じだった」

「警察庁……え、ちょっと待ってください。それって……」

それが示すことの可能性を考えて、亜寿沙はしどろもどろになる。

通常、警察官は各自治体にある都道府県警に採用される。

もちろん亜寿沙も京都府警の警察官採用試験を受けて採用され、警察官になったのだ。

だが例外的にそれ以外の採用ルートから警察官になる者もいる。

それがキャリア組や準キャリア組と言われる人たちで、彼らは国家公務員試験を受けて警察庁に採用されたエリートだ。

風見管理官はいかにもキャリア組らしく頭の切れる人という印象が強かったが、目の前の阿久津はそれとは正反対。

いや、頭は切れるのかもしれない。ただ、それ以上に普段の気だるそうな様子やだらしない感じが駄目社員……いや駄目刑事の風情を醸していた。

その阿久津がまさか……。

唖然《あぜん》とする亜寿沙に、阿久津は弱ったなぁというように頭を掻《か》くと面倒くさそうに言うのだ。

「そうだよ。俺も風見と同じ、キャリア組ってやつだ」

「キャリア組!? だ、だとしたらなぜいまも係長を……? あ、いえ、すみません、ちょっと頭が混乱してしまって」

驚きで声が上手《うま》く出ない。

たしかキャリア組は入庁してすぐに警部補になり、そこから時間をおかず警部、警視へととんとん拍子に出世していくはず。

係長級である警部補のまま、長年留《とど》まっているなんて話は聞いたことがなかった。

わけがわからずについじっと阿久津の顔を見てしまう亜寿沙の視線に耐えきれなくなったのか、阿久津はまるで怒られた子どものように肩をすぼめると、こそこそとノートパソコンの陰に隠れようとする。

といっても、さすがに身体全部が隠れられるわけではない。普段、猫背気味だからあまり意識しないが、阿久津も割と長身な部類だ。

「え、ちょっと、なに隠れてるんですかっ」

思わず席から立ち上がって、亜寿沙は彼のノートパソコンのディスプレイを後ろに引き倒した。

「いやぁ、なんか怒ってるみたいだったから」

あははと力なく笑う阿久津。

「私は目力が強いんですっ。怒ってなんかいませんっ」

たしかに気持ちが急《せ》いてくると目つきがきつくなってしまうのは自覚しているが、それは今後の課題にしておこう。それよりも今知りたいのは阿久津のことだ。

彼は、パタンとノートパソコンを閉じるとはぁと小さく嘆息した。話したくない、というよりも話すのが億劫《おっくう》といった様子。

天井を見上げて少し逡巡《しゅんじゅん》したあと、ようやく諦《あきら》めたように口を開いた。

「元は理事官やってたんだ。警視庁でさ」

「……え」

「でも、とある事件が起きて。俺はその手がかりを探すために降格願いを出して警部補まで降格させてもらって、京都府警に異動してきたんだ。理事官の身分じゃ現場に出る機会なんてほとんどないからな」

「……降格願いなんて出せるんですね。じゃあ、元は風見管理官と同じ警視級だったってことですよね。そこから警部補って……随分派手に降格してますね」

一階級どころではない降格だ。

「上には前代未聞だって言われたよ。でも、あの事件以来、日中は眠くてだるくてしかたなくてな。体力的にもキャリアの仕事はちょっと無理だったんで、体調面を理由にしたらそれ以上周りも何も言わなくなった。まぁ、俺には今みたいな働き方が気楽でいいよ。人の上に立つ柄じゃない」

警察社会は厳然たる階級社会。

ひとつでも階級が上のものには従うのが基本。

だから、出世を望むものは多い。都道府県警に採用された普通の警察官であってもだ。もちろん、亜寿沙もその一人だった。

現場を好んで管理職になることを拒む刑事もいるし、そういうのもかっこいいとは思う。

でも、亜寿沙は少しでも上に上がってみたいと思っていた。

そのことを疑問に思ったこともなかった。

そんな亜寿沙たち一介の警察官にとって、キャリア組は雲の上の人にも等しい存在だ。

それなのにその雲の上から自ら降りることを望む人がいるなんて、考えたこともなかった。

予想外のことに頭が軽く痛む。その痛みを振り払うようにゆるゆると首を横に振ると、

「信じられません」

　ぽつりとそう吐き出すのが精一杯だった。

「よく言われる」

　阿久津も片方の口端をあげて、どこか他人事《ひとごと》のように言うのだった。

　どちらもそれ以上話す言葉を失ったように黙りこくり、沈黙がのしかかる。

　だまり続けているのは気まずかったが、その沈黙が心を落ち着かせてくれた。

　ようやく亜寿沙は口を開くと、確認するように尋ねた。

「それで、阿久津さんが降格した原因になった事件って、どんな事件だったんですか？　その事件の手がかりがこの京都にあるような口ぶりでしたけど」

「……リアリストの君は、言っても絶対信じてくれない自信があるんだけど」

　じっと上目遣いで見られると、亜寿沙の方が阿久津に何か意地悪でもしているような気持ちになってくるからやめてほしい。

　なんでこの人は、こうも上司としての威厳がないのだろう。

「言ってくれないと、今度風見管理官とご飯を食べにいったときに上司が情報を下に伝えてくれないと訴えますよ」

「わかった。わかったよ、言うよ。これを見れば君にも信じてもらえるかな」

　降参というように両手をあげたあと、彼は右腕を亜寿沙に見えるように斜め前に掲げると、ワイシャツの袖《そで》をまくり上げた。

意外にもほどよく筋肉のついたその二の腕に、楕円《だえん》形の痣《あざ》のようなものがついているのがくっきりと見える。綺麗《きれい》な楕円形ではなく、途切れ途切れで歯形のようだ。

「これって、何かに嚙《か》まれた痕《あと》ですか？」

「そう。三年前に追ってた事件で、田所《たどころ》という容疑者に嚙まれたんだ。当時俺は、警視庁の捜査二課で働いていた。田所は、東京界隈《かいわい》で五人を食い殺した連続殺人犯だったんだ」

「五人……え、でも、そんな事件ありましたっけ⁉」

三年前なら亜寿沙も既に警官になっている。しかも、連続殺人犯なんていうセンセーショナルな話題ならマスコミでも相当報道されるはずだが、亜寿沙にはそんな事件にも田所という容疑者にも覚えがなかった。

「その現場があまりに凄惨《せいさん》だったこともあって、マスコミ各社には報道規制がかけられたんだ。警察内部でも上層部と捜査に参加した一部の職員にしか知らされていない」

「そこまで厳重な規制がかかるほど凄惨だったんですか……」

マスコミだけならまだしも、警察内部にまで秘匿にされるなんて相当なものだ。

「ああ。被害者たちは会社帰りのサラリーマンや、警備員、ホームレス……。犯行時刻がどれも深夜で、ガイシャが一人でいるところを襲われていた。俺も事件直後の現場に行ったことがあるが、人間のものと思われる歯形がついた人体があたり一面に散乱していたよ」

亜寿沙はそこに漂う血や汚物のまじった死臭まで想像してしまい、わずかに眉間《みけん》に皺《しわ》を寄せた。

「しかも被害者の死因は全員同じ。強い力で首を折られて即死していた。そのうえ殺したあとに、食い散らかされていたんだ。あまりの現場の異常さに薬物乱用者による犯行じゃないかって疑われた。だから、殺人を扱う捜査一課と、薬物犯を扱う捜査二課が協力して捜査にあたっていたんだ。俺はその調整役をしていた。やがて捜査の末に、田所という容疑者を新宿歌舞伎町《しんじゅくかぶきちょう》のとあるバーで見つけたわけなんだが」

小さく嘆息するように息をついて、阿久津は話を続ける。

「ヤツは尋常じゃない身体能力で囲んだ刑事たちを振り切り、数人を殴り倒し、逃亡を図った。誰も田所の足の速さについていけず、発砲した者もいたが止めることはできなかった」

「弾は、当たっていたんですか？」

こくりと、阿久津は頷《うなず》く。

「そのときはわからなかったが、事件が終わったあとに確認したら、田所の背中にはしっかりと鉛玉が貫通した痕があった。それでもヤツは速度を変えず走り続け、一時、俺たちはヤツの消息をつかめなくなった」

「そんな……」

凶悪な連続殺人犯を発砲までしても取り逃したなんて、もし公になれば大変なことになる。

「警視庁の、いや警察全体の威信をかけてでも田所を捜し出さなければならなかった。だから、さらに多くの警察官が投入されたんだ。俺も、そのときすでに調整役として近くにいたから、すぐに現場に急行した。そして、少し離れた雑居ビルで、裏口のドアがノブごとへし折られているのを見つけたんだ。すぐに人員が集められて、突入することになった」

ごくりと、亜寿沙は生唾《なまつば》を飲み込んだ。

阿久津は淡々と話を続ける。

「突入の結果、とあるオフィスにヤツはいた。今度こそ拳銃《けんじゅう》を構えた刑事たちに囲まれ、やつも逃げ切れないと観念したように見えた。だけど、身柄を拘束しようとしたところでヤツは突然笑い出して、自分の首を自分の両手で掴《つか》んだんだ」

そして、田所は笑いながら言ったのだという。

『俺はもうお仕舞いだ。京都の現場で鬼に憑《つ》かれてこんなになっちまったのが運の尽きよ。人間がよぉ、喰《く》いたくて喰いたくて仕方がねぇんだよぉ。あの、ほんのり甘い血に、牛よりもうまみがあって豚よりも弾力のある肉がよぉ、忘れらんねぇんだ。……だけどムショに入っちまえばもう喰えねぇ。そんな飢え、俺には耐えられるわけがねぇだろぉぉ!!』

「ヤツが自殺しようとしているのがわかった瞬間、俺は咄嗟《とっさ》に動いていた。田所に駆け寄ってあいつの手を首から引き離そうとしたんだ。だけどそのとき、田所が俺の腕に嚙みついてきた。それがこの腕の痕ってわけだ。その場で田所は拘束されたが……その後、留置場で食事の時間に舌を嚙み切って死んだ。まるで、自分の舌を喰っているように何度も咀嚼《そしゃく》して、美味《うま》そうに恍惚《こうこつ》とした死に顔だったってさ」

「そんな……」

「そのあとからだよ。俺の身体に異変が起こったのは。別に鍛えたわけでもないのに、身体能力が飛躍的にあがった」

それを証明するかのように阿久津はデスクからボールペンを取り上げると、片手で簡単に折って見せた。そのあと、公費支給品をむやみに折ったことが周りにばれないように、こそっと屑《くず》箱に捨てる。

「ほかにも他の人が聞こえないような小さな音まで聞こえたり、暗闇でも物が見えるようになったりいろいろ体質が変わってしまって、まぁそれはまだいいんだけど困ったのが……」

「食生活ですか」

　はっきりと容赦なく亜寿沙は尋ねる。

「もしかして、人間が食べたくなったとか」

「いや、そんなことはないんだけど」

　やけにきっぱりと阿久津は否定した。

「昔はよく焼いた肉しか食べられなかったのに、いまは極力レアな肉が食いたいなぁくらいな違いはあるかもしれんが、それより昼間はひたすらだるくて、起きてるのがつらくなったんだ。こんなんじゃ人の上に立つ立場になったところで誰もついてきやしない。だから希望降格したんだ」

　たしかに阿久津はよくアクビをして眠そうにしているのを見かける。

「そして、京都に赴任したんですね。それって、田所が京都で鬼に憑かれたと言っていたからですか？」

「そう。なんとかこの面倒くさい昼夜逆転体質を変えたくてね。そのヒントがないかと思って京都に来たんだ。ただ、もう一つ田所に噛まれてから変わったことがある。それが、怪異によく遭遇するようになったってことなんだ。もしヤツの言う『鬼』が俺にも憑いてるんだとしたら、俺も半分怪異の世界に足突っ込んでるようなもんなんだろうから、不思議でもないけどな」

怪異。そんなものいるはずがない。やっぱり、この上司は一度ちゃんと病院で診てもらった方がいいんじゃないかと亜寿沙が疑ってみていると、阿久津は小さく苦笑を浮かべた。

「俺と一緒にいると、君もそのうち怪異に遭遇するよ。そのとき、自分の目でみて判断するといい。それが、俺の妄想なのか、それとも現実か」

「集団妄想という可能性もあります」

「ハハ、それもそうだね。でもそうやって怪異を通じて手に入れた情報を元に捜査を行うことが許可されているのが、この特異捜査係なんだ」

亜寿沙は、警察組織が怪異の存在をまがりなりにも認めて捜査に利用しているということがいまだに信じられないでいた。


一方、山際綾子事件の捜査は形代に書かれていた『A』というイニシャルを元に参考人の聴取が進んでいた。

このAというのが名字なのか名前なのかもわからず、性別すらも不明だったため対象者はかなりの数に上った。

阿久津と亜寿沙が本日任意聴取することになったのは、柳川篤志《やながわあつし》という三十四歳の男だ。

彼は、山際綾子が勤める会社の企画部の部長をしている。去年までは彼女のいる総務課の課長だった。

三十半ばで部長職につくのは社内でも異例の出世スピードらしい。

他の社員の話では、仕事ができることで有名な人物のようだ。

案内の警察官に付き添われて取調室までやってきた彼は、中に入るとすぐに阿久津たちに軽く頭を下げた。

少し癖のある髪を上手《うま》く整えた甘い顔立ち。

細身だが引き締まって背筋の伸びた体つきは、ジムで鍛えているだろうことが窺《うかが》えた。

一目見て、きっと社内でモテるんだろうなぁと亜寿沙はそんな印象を抱く。

合コンにこんな人がいたら、きっと隣の席の奪い合いで女性陣が殺伐とするだろう。合コンなんて呼ばれたことがないからイメージにすぎないけれど。

「どうぞ、こちらにおすわりください。本日は、ご足労ありがとうございます」

取調室の真ん中にデスクと、向かい合わせに椅子が置かれている。

手前側の椅子に座った阿久津が立ち上がると、奥側の椅子を手で示しながら頭を下げた。

亜寿沙は阿久津の補助者として、少し離れたところに置かれた別の席に一人で座る。

そこに置いたノートパソコンで供述を記録するのが役割だ。

「はじめまして。柳川篤志と申します」

柳川は少し緊張した面持ちだが柔らかな印象でそう挨拶《あいさつ》をすると、示された席に腰を下ろした。

「本日の一部始終は録画させていただいています。聴取はすべて可視化するようにと法律で決まっていますので」

阿久津がちらりと天井の隅に取り付けられた監視カメラに目をやると、柳川は小さく頷《うなず》き返した。

「わかりました」

「いろいろ込み入ったことをお聞きするかと思いますが、あくまで任意でお話をお伺いしたいだけですので、答えにくければお答えいただかなくても構いません」

「あ、いや……僕も、山際さんの失踪《しっそう》についてはずっと気に掛かっています。早く無事に戻ってきてくれることを祈るばかりです。彼女のために協力できることがあれば、どんなことでもするつもりです」

そう、柳川は阿久津の顔をまっすぐ見つめて真摯《しんし》な声音で言った。

その姿は誠実そのもの。元部下を心配する優しい上司にしか見えなかった。

そのとき、ふわりとかすかな香りが鼻をかすめ、亜寿沙はきゅっと眉間《みけん》に皺《しわ》を寄せた。

柳川がつけている香水の香りのようだ。柑橘《かんきつ》系のさわやかさの中に、シダーウッドやバニラのような甘さの混ざる香り。整った顔立ちの彼にはぴったりに思えた。

亜寿沙がそんなことを考えている間に、阿久津は早速聴取をはじめる。

阿久津が投げかける質問に対して、柳川はときどき考える仕草をしながらも丁寧に答えてくれた。

そのやりとりを、亜寿沙は手元のキーボードで漏らさず打ち込んでいく。

三月二十五日の夜。彼は九時頃まで残業をしたあと、ジムに寄って汗を流してから自宅に戻ったという。

少なくともジムを出るあたりまでは、アリバイが確認できそうだった。

自宅は船岡山《ふなおかやま》の近くで、両親は早くに他界したため相続した実家にそのまま一人で住んでいるのだという。

「一人で住むには広い家なので、掃除も大変なんですよ。お手伝いさんでも雇えるくらいの給料があればいいんですが、いまの会社じゃ役員にでもならない限り無理そうです」

と、柳川は話してくれた。

聴取は始終なごやかにつつがなく終わり、最後に柳川は、

「山際さんが一日も早く戻ってくることを、僕も、会社の同僚たちもみんな心から願っています。どうか、よろしくお願いします」

頭を深々と下げると帰っていった。

「とりあえず、今日の聴取はこれで終わりだな」

「そうですね」

ノートパソコンを閉じて亜寿沙も席を立つ。

柳川の供述調書には、特段怪しい部分は見当たらなかった。挙動の不審さもない。彼は誠実で部下思いの優しい男性に見えた。今回の聴取も外れのようだ。

その後も次々と参考人の聴取を重ねていったが、なかなか容疑者らしき人物がみつからず焦りばかりが募っていった。


参考人たちの任意聴取がすべて終了すると、全体報告のために捜査本部へ再び刑事たちが集められることになった。

集まった顔には、もれなく疲れが滲《にじ》んでいた。

総力をあげて山際綾子捜索と犯人の検挙に取り組んでいるが、彼女の足取りも居場所もようとして摑《つか》めてはいない。

参考人として任意聴取に呼び出された山際綾子の関係者たちは誰もが、彼女は控えめで大人しく穏やかな性格で、誰かに恨まれるような人間ではない、きっと、何かの事件にたまたま巻き込まれたに違いない、早く助けてあげて欲しいと訴えていた。

刑事たち捜査員もみな、同じ気持ちだっただろう。

しかし鑑識係長から科捜研よりあがってきた検査結果が報告されると、本部内を重い空気が満たした。

手首の内部に残存していた血液の状態などから、山際綾子の手首は発見当時すでに死後一週間程度が経っていたのではないかとの見解が示される。

その報告を聞いたとたん、みな表情にどこか「やっぱり……」という気持ちが滲んだ。

捜査員たちからの報告がすべてすむと、本部長である風見管理官から今後の捜査方針が示され各班に指示が出されたが、いまはまだこれといった決め手もないまま広範囲に捜査を続けるしかないようで、いつもにこやかな彼の表情も始終硬いままだった。

会議が終わり、再び捜査員たちはそれぞれの分担に従って京都の街に散らばっていく。

阿久津たち特異捜査係も、任意聴取したイニシャルAをもつ参考人たちのアリバイや証言の裏付けをするために聞き込み調査にまわることになった。

その日も、そして翌日も、その次も。

あちこち歩き回り、足を棒にして聞いてまわる日々が続く。日が暮れるころにはヘトヘトになっていた。

だけど、足を止めるわけにはいかない。

いまもまだ見つかっていない山際綾子のことを思うと、きゅっと胃が摑まれるように痛くなった。

亜寿沙とさほど年齢も違わない彼女は、あの日も同じこの京都で働いていたのだ。

三月二十五日の夜。

亜寿沙がいつものように仕事を終えて自宅に帰ったのと同じように、彼女もいつものように会社をあとにしたのだろう。

それなのにゴミ収集車で手首だけをゴミと一緒に運ばれるような凄惨《せいさん》な事件に巻き込まれてしまった。

もし自分がそんなことになっていたらと思うと、とても他人事《ひとごと》とは思えなかった。

彼女の命がもうこの世にないのなら、せめてなんとしても彼女の無念を晴らしてあげたい。

そんな残虐な目に遭わせた犯人を見つけだして、罪をつぐなわせたい。

そもそもそんな非道なことができる人間がいまもこの京都で普通に生活しているかもしれないと思うと、不安で仕方がなくなってくる。

それはきっと亜寿沙だけの思いではない。ニュース報道などでこの事件を知った市民みんなが感じている不安だ。早くこの不安から解放されたい。

その気持ちが、疲れて重くなった足を前へ前へと進めさせていた。

それでも、やっぱり一日中歩き回ると疲れが溜《た》まって、ずしんと重たくなる。パンプスの中はもうマメだらけだ。

一方、朝方はいつも眠そうでだるそうにしている阿久津は、日が暮れ始めるころから急にしゃっきりとしだす。

夕暮れ迫る今の時分にはもう、昼間は猫背ぎみな背中も幾分伸びて疲れも見せずに元気に歩いていた。

鬼に噛《か》まれた云々《うんぬん》の話を信じたわけではないが、彼が朝に弱く、夜に強い体質なのは間違いないようだ。

その元気を少しわけてほしいなんて思いながらつい彼の背中をじっと見て歩いていたら、視線に気づいたわけでもないだろうが急に阿久津が足を止めて腕時計を眺めた。

「予定してたとこはあらかたまわったし、今日はもう署に戻るか」

「そうですね。いったん署に帰って報告書を書きたいです」

今から帰っても、これから今日一日で見聞きした情報を報告書におこすとなると残業は間違いない。

明日《あした》に持ち越してもいいが、できれば記憶の新しいうちに書き記しておきたい。

「それにしても、なかなか思うように進まないですね。彼女が縁を切りたかったAさんって、本当は一体誰なんでしょう。いっそ、犯人が自首してくれればいいのに」

亜寿沙の口から、ついそんな愚痴が漏れてしまう。

「さあな。今のところ、神のみぞ知るってとこだな……って、そうか……」

阿久津はそう呟《つぶや》くと、地面を見つめてじっと黙り込む。何かを考えているようだ。

「阿久津さん。どうしたんですか？」

あまりに長く考え込んでいるため、怪訝《けげん》そうに亜寿沙が尋ねると阿久津はようやく思索の海から戻ってきて亜寿沙に視線を戻す。

「いや、ちょっと思い出した人がいたんだけど、ダメ元でもう一人これから事情聴取してみてもいいかな」

「それは別に構いませんが、どなたですか？」

関係者、参考人の連絡先一覧なら亜寿沙がトートバッグに入れて持っている。

その中の誰かかと思ってトートバッグから取りだそうとするのを、阿久津が手で止めた。

「いままでピックアップされてる人物じゃないんだ。ちょうどここからもそう遠くないし、時間帯としてもぴったりだろう」

阿久津は空を見上げる。

京都の市街地は東京と違って、建物の規制が厳しいため背の高いビルやタワマンは建てることができない。

大きく広がった空は夕日が差して赤く染まりつつあった。

「その人って誰なんですか？」

「来ればわかるさ」

それだけ言うと、阿久津はスタスタと早足で歩き出す。亜寿沙は疲れた足に活を入れると、阿久津のあとを小走りについていった。

十分ほど歩いてついたところは、見覚えのある場所だった。

「ここって……」

「そう、安井金比羅宮だ。通称、縁切り神社」

境内に足を踏み入れると、平日の夕方とあって学生らしき制服姿の女の子たちもちらほらみかける。

手水《ちょうず》で手を清めると、阿久津は本殿の前まで行って深く頭を下げた。

「阿久津さん。会いたい人って、この辺りにいらっしゃるんですか？」

「そう。ここに祀《まつ》られている崇徳上皇だ」

亜寿沙は狐につままれたような顔になる。

何を言い出すかと思えば、成果を焦って神頼みならまだ理解もできるというものだが、神様に事情聴取がしたいだなんて頭がおかしくなっているとしか思えない。

言葉の出ない亜寿沙に、阿久津は苦笑気味に笑った。

「山際綾子は、この神社で誰かと縁を切りたいと願った。ここの神様は彼女が縁を切りたかった相手の名前を知っているに違いないんだ。形代に書くときは、他の人に見られても構わないようにイニシャルを書いたんだろうが、縁切り縁結び碑をくぐるときには頭の中でソイツの名前を唱えたはずなんだよ」

そう言うと、阿久津は柏手《かしわで》を二回打ち、手を合わせて目を閉じた。

亜寿沙は馬鹿馬鹿しいと思いながらも、大きく嘆息を一つついて同じように手を合わせて目を閉じる。

ここで拝んだからといって、頭の中に神様の声が響いてきて人捜しの答えを教えてくれる、なんて都合のいいことは当然起きなかった。

亜寿沙たちの後ろからは、ごにょごにょと人の話し声が聞こえてくる。

きっと本殿でお祈りするのを待っている人たちの声だろう。

亜寿沙が目を開けてもまだ、阿久津はじっと目を閉じたまま拝んでいた。

「そろそろいきましょう」

あまり長く拝んでいると、次に待っている人に申し訳なくて亜寿沙はそう声を掛けるが阿久津はまだ拝んでいる。

「次の人が待ってますから、もういきましょう。阿久津さん」

言葉にいらだちを滲《にじ》ませて亜寿沙が言うと、ようやく阿久津も目を開いた。

「次の人って？」

「だからほら、次に待っている人が」

そう言って振り返った亜寿沙だったが、自分たちの後ろには誰も待ってなどいなかった。それどころか、そこそこ賑《にぎ》わっていたはずの境内から人の姿が消えている。人っこ一人、誰もいない。

境内の石畳の通路を、赤々と夕日が静かに照らしているだけだった。

「え……あ、あれ？」

おかしい。さっきまですぐ後ろでごにょごにょと人の話し声がしていたのに、あれは一体誰の声だったのだろうか。

そういえばやけに耳に近く聞こえたような気もする。

いつもは人の列ができている縁切り縁結び碑のところまで行ってみるが、やはり人一人、猫一匹いない。

お守りなどを授与する社務所に明かりはついているものの、そこにも巫女《みこ》さんの姿はなかった。夕暮れ迫る薄闇の中で、社務所の光だけが煌々《こうこう》とあたりを照らしている。

こんなことってあるだろうか。

今この境内にいるのは亜寿沙と阿久津の二人だけになっていた。

夕日に染まる真っ赤な境内。そこに閉じ込められてしまったような、そんな不安な気持ちが心に押し寄せてくる。

なんだろう。ここにいちゃいけない気がする。はやく帰らないと、ここじゃないどこかへはやく。

そう思うのに、立ちすくんだままどこへ行って良いのかもわからない。

今来た道を戻ればいいだけなのに、なぜかそっちへ足が向かない。

ただ胸の奥から不安な気持ちだけが、墨汁のシミが広がっていくように心の中を覆い尽くしていく。

「あまり動き回らない方がいい。いまここは、普通の状態じゃない」

後ろから阿久津が歩いてくるのが足音でわかった。

「普通じゃないって、どういうことですか？」

いつの間にか喉《のど》がカラカラになっていた。ごくりとツバを飲み込んでから、ようやく掠《かす》れた声でそう尋ねる。

「いつも見てる景色の中にいるようで、全然違う場所にいるってことだ。霊的に切り取られた空間の中に閉じ込められているともいえる」

阿久津の説明はいまいちよくわからない。

そのままポンと後ろから肩を叩《たた》かれた。

「ほら、見てごらん」

彼が肩越しに指さしたのは、縁切り縁結び碑の方。

たくさんの人の願いをこめた、たくさんの形代に覆われた白髪のような碑。

その下の方に、形代を持って願いを込めながら行き来すると願いが叶《かな》うとされている穴がある。

「……‼」

亜寿沙の視線は、その穴に釘付《くぎづ》けになった。

今一瞬、その穴の向こうを何かがゆっくりとよぎったのだ。

ひらりと揺れた白い布のようなもの。

アレは一体、なんだろう。

いや、見てはいけない。あれは、見てはいけないものだ。

本能がそう警鐘を鳴らす。心臓は早鐘のように五月蠅《うるさ》いほどに打っていた。

見てはいけない、そう思うのにその穴から目が離せない。

それに、なぜだろう。

いまは黄昏《たそがれ》時で辺りは赤い夕日に染まっているのに、その穴の向こうだけがなぜか暗いのだ。

まるでそこだけ夜を切り取ったかのように暗闇に覆われている。

その闇の中を、再び白い布のようなものがふわりとゆっくり横切るのが見えた。

今度はそれが何かはっきりとわかった。

あれは、誰かの足だ。

それも平安《へいあん》時代の貴族が身につけていたような、裾《すそ》のふっくらとした指貫《さしぬき》とよばれる袴《はかま》に黒い浅沓《あさぐつ》という靴を召した姿で、誰かが穴の向こうをゆっくりと行ったり来たりしているようだ。

だがおかしなことに、その人物の身体は見えない。

縁切り縁結び碑は亜寿沙の目線より低い高さしかない。だから誰か後ろに居るならば碑ごしに頭がみえるはずなのに、視線を上げて碑の向こう側に目をやっても誰の姿もなかった。

ただ穴の中だけから、誰かが行き来する足が見え、ざっざっと砂利を踏む足音が聞こえてくる。

「この事件は最初からおかしかったんだ。死後硬直がとっくに解けているはずなのに、形代を握りこんだまま固まった指。発火物がないのに燃え上がったゴミ収集車。まるでこの事件を解決させようとしている誰かの意志みたいなものを感じないか？」

阿久津も同じ不可思議な光景を見ているはずなのに、彼の声には動揺した様子は微《み》塵《じん》もなかった。

「この神社に祀《まつ》られている崇徳上皇は、日本三大怨霊《おんりょう》の一人とも言われているんだ。戦に敗れ、罪人として讃岐に流され非業《ひごう》の死を遂げた彼の棺《ひつぎ》からは血があふれ出たといわれている。彼の死後、後白河《ごしらかわ》上皇や藤原忠通《ただみち》といった彼の仇敵《きゅうてき》たちの周りで次々と人が死ぬようになり、ついには大火事で平安京の三分の一が焼失する事態にまでなった。平安京の人々は、怨霊と化した崇徳上皇の呪いだと言って恐れおののいたそうだ」

ふいにふわりと、鼻を甘く華やかな香りが掠めた。

紫色の小さな花が連なって垂れ下がる情景が頭に浮かぶ。

これは、藤の花の香りだ。

そういえば、この神社はかつて藤寺と呼ばれていたということを思い出す。

その藤をとても愛した人が居たことも。

その人はきっと、とても情の深い人だったのだろう。

想いの力の強い人だったのだろう。

愛する力が強ければ強いほど、恨む力もまた強くなる。

「怨霊としてそこまで大暴れできるほどの力を持つ崇徳上皇がだ。自分のところに救いを求めて来た山際綾子を傷つけた犯人のことを許すと思うか？」
阿久津の言葉に同意するかのように、穴の向こうで行き来していた袴の足がこちらをむいてゆっくりと止まった。
次の瞬間、碑に貼られていた何百枚という形代が突然突風でも吹いたかのように一斉にバサバサと音を立ててはためき始める。
「な、なんなのっ⁉」
何百という鳥が一度に飛び立ったかのような騒がしさに、亜寿沙は両耳を手で塞《ふさ》いだ。それでも音は防げない。
形代一枚一枚が怒りを持ったかのように、バサバサとはためく。
バサバサバサ
バサバサバサ
ユルスマジ
ユルスマジ
バサバサバサ
ユルスマジ
『許すまじ』
はためきが、声のように聞こえる。

願いを込めたのに。

願いを聞き届けたのに。

間に合わなかった。

離せなかった。

切れなかった。

許してなるものか。

逃がしてなるものか。

何百という形代がそう叫んでいるように亜寿沙には聞こえた。

思わず亜寿沙は叫び返す。

「そんなことわかってるわよ！　私もみんなも一刻も早く犯人を捕まえたいわよっ！　でもそれができないから、もがいてんでしょ!!　怨霊だかなんだか知らないけど、言われるまでもないわ！　普通の人が突然理不尽に普通の生活を奪われていいはずがないじゃない!!　だから、私たちがいるの!!　警察がいるの!!　ここにいるの!!　そんな理不尽、絶対許さないためにっ!!」

声を振り絞った喉が痛い。いつの間にか耳を塞いでいた手は、胸でコブシをつくっていた。

日頃は胸の奥に隠れている、警察官という仕事を選んだわけ。

それが、こんなとき胸をついて溢《あふ》れてくる。

まだ形代はバサバサとはためいていたが、そこからヒラリと一枚の形代が剝《は》がれて地面に落ちた。

阿久津がその形代を拾い上げて亜寿沙に見せる。

そこには、『鹿沢《かざわ》ホームズの彼と関係を切れますように　木島晴美《きじまはるみ》』と書かれていた。

これも縁切りを願った形代だ。

顔を上げて再び碑を見るが、さっきまでのはためきが嘘のように静かになっていた。

亜寿沙は腰を曲げて碑の穴の向こうをのぞいてみるものの、もう袴の足も夜の景色もなくなっていた。いまはただ、夕焼けに照らされた穴の向こう側が見えているだけだ。

「ようやく元に戻ったみたいだな」

「え……あ……」

いつの間にか境内にはちらほらと人の姿が戻り始めている。

社務所の中には巫女《みこ》さんの姿も見え、お守りを片付けはじめていた。

すっかり元の境内の様子に戻っている。

まるで白昼夢でも見ていたかのようだった。

「私は何を見ていたんでしょう……」

思い返してみても、あり得ないことばかりだった。

穴の向こうに見える足だけの人影。風もないのに激しくはためく形代。

だが、阿久津の手の中にある形代が、あれは夢ではなかったことを示していた。

「言っただろ？　俺は怪異にあいやすいって。あれが崇徳上皇だったのか、本当のところはわからない。確かめる術《すべ》もない。でも」

阿久津は形代を亜寿沙に差し出す。

「これは怪異からのメッセージだ。もしかすると、ここに犯人逮捕の重要な何かが隠れているかもしれない」

あれだけ派手にはためいていたのだから、ノリが甘くつけられていた形代が落ちてしまっただけとも考えられる。

しかし、先ほど自分の目で見てしまった現象が何だったのかを亜寿沙は理解できないでいた。

疲れのあまり、阿久津と二人で集団幻覚を見てしまったとも考えられたが、たとえそうだったとしてもこの形代に書かれていることを調べてみたところで損をするということもないだろう。

調べてみて、事件とは無関係だとわかればそれでも構わない。

無視してしまうのは、気持ちが悪い。

「署に戻って調べてみますか」

「そうだな。早いほうがいいだろう」

二人は急いで安井金比羅宮をあとにした。

そして警察本部の自分のデスクへ戻ると、ノートパソコンで『木島晴美』なる人物を検索してみる。しかし、京都府警のデータベースでは該当する人物はヒットしなかった。

念のために行方不明者届や被害届も調べてみたが、それも見当たらない。

この人も山際綾子のように行方不明になっていたらどうしようと心配だったが、とりあえず行方不明者届が出ていないことに亜寿沙はほっと胸をなで下ろす。

「こうなってみるとあれだな。役所が持ってる情報にもあたってみるしかないな」

後ろから阿久津がディスプレイを覗《のぞ》き込みながら唸《うな》った。

京都市役所はとっくに閉庁している時間なので、問い合わせることはできない。

とりあえずもう遅いので本日の調査は終わりにして、翌日しきりなおすことにした。

そして次の日。

阿久津は出勤するなり朝一で京都市役所へと調査に行ってしまった。

亜寿沙が昼前までかかって昨日の聞き込み調査の内容を報告書にまとめていると、役所から戻ってきた阿久津が自席に鞄《かばん》を置くなりすぐに風見管理官のところへ歩いて行く。

なにか手がかりでもみつけたのだろうか。

気にはなるが、報告書もあと少しで書き終わる。

「よし。これでおわりっと」

書き終えたところで、風見管理官と何やら話し込んでいた阿久津が自席に戻ってきた。まだ日が高いというのに、めずらしく早足だ。

「岩槻。木島晴美への任意聴取の許可が出た。すぐにアポを取ろう」

「え、よくすんなり許可出ましたね」

いまは山際綾子の捜査の真っ最中。特異捜査係も聞き込み調査の分担を振られている。本来なら、山際綾子事件の捜査本部の一員として最優先すべきは聞き込み調査の方だ。

木島晴美への任意聴取に行くということは一時的に捜査本部の仕事から外れるということになる。

木島晴美は、いまのところ山際綾子事件とは何の関係もない人物。しかも、彼女に話を聞きたい理由は、縁切り神社の怨霊《おんりょう》が彼女の名前が書かれた形代を落としていったからというとんでもないものだ。

それなのに、よくそんなオカルト成分１００％な理由で任意聴取が認められたものだと驚きを隠せず、亜寿沙は思わず風見管理官を振り返る。

亜寿沙の視線に気づいたのか、風見管理官は小さくこちらに手をふってくれた。

ついでにいうと、その手前にある強行三係の係長席では、腕組みした徳永係長が苦虫を何匹もかみつぶしたような顔でこちらをいまいましそうに睨《にら》み付けていた。

もしかしたら、阿久津が風見管理官に怨霊だなんだと話して木島晴美への任意聴取の許可をとりつけていたのを聞いていたのかもしれない。

阿久津たちが半日でも捜査本部の仕事から抜ければ、それだけ捜査本部の業務は多少なりとも遅れがでて事件解決が遠のいてしまう。と、まぁ普通ならそう考えるだろう。

しかも抜ける理由が、怨霊ときたもんだ。

いまいましく思いたくなる気持ちはわかる。亜寿沙は心の中でこっそり同情しておいた。

一方、阿久津はそんな徳永の視線など気づいていないのか、もとより気にもしていないのかわからないが、早速、受話器を取るとどこかへ電話をかけはじめた。

そして丁寧な言葉で誰かと話したあと、受話器を置くなり声を弾ませて亜寿沙に告げる。

「よしっ、アポ取れた。十八時ならあいてるそうだから、河原町《かわらまち》近くのカフェで会うことにした」

さすがに、まだ山際綾子事件と何の関係があるともわからない木島晴美を警察署に呼び出すわけにはいかない。だから彼女の職場近くのカフェを待合場所にしたようだ。

そんなわけで、亜寿沙は阿久津とともにその日の夕方、木島晴美に会うことになった。

待ち合わせたカフェに時間通りに行ってみると、既に彼女は席について抹茶オレを飲んでいた。

事前に阿久津から聞いた話によると、彼女は近畿《きんき》財務局の丸太町《まるたまち》事務所に勤めているのだという。

阿久津たちに気づくと、木島は小さく会釈してくる。

「突然呼び出してしまって申し訳ありません。びっくりしたでしょう」

阿久津がそう言うと、彼女は首を横に振った。

「大丈夫です。今日は何も予定はなかったんで」

亜寿沙も彼女と当たり障りのない挨拶《あいさつ》を交わしながら、内心「あれ？」と思った。面影や周りに纏《まと》う空気のようなものが、山際綾子と似ているのだ。

山際綾子のことは、他の人たちから聴取した話や家族から提供してもらった写真からなんとなく雰囲気を摑《つか》んでいるだけではあるが、いま目の前で落ち着いた様子で話している木島の印象とどことなく重なる。

木島はアイボリー色のニットのトップに、黒いフレアスカート姿だった。耳に揺れる小さな真珠のイヤリングが唯一のアクセサリーだ。

穏やかそうで丁寧で、大人しい印象だった。

それに阿久津たちが席につくとすぐにメニューを差し出してくれ、注文をとってくれるマメさに、やわらかな京都弁の響き。

役所勤めだというのも、その様子から納得した。

きっと普段も、市民に丁寧に対応しているのだろう。

ひととおり挨拶が済んだところで木島の向かいに腰を下ろした阿久津が鞄から一枚の白い形代を彼女の目の前にすっと差し出した。

それを見た彼女の表情が硬くなるのが亜寿沙にもわかる。

「私たちはいま、とある事件の捜査をしています。その事件では、被害者が安井金比羅宮、通称縁切り神社の形代を持っていたため、いま形代のことを調べているんです。この形代を書いたのはあなたですね」

木島はじっと形代を見たまま数秒固まっていたが、しばらくして小刻みにがくがくと震えながら、緊張した面持ちで頷《うなず》いた。

「できれば、この形代を書いたときのことを教えていただきたいんです。もしかすると、そこに我々が追っている事件の手がかりがあるかもしれない」

阿久津は木島の目を見ながら、真摯《しんし》な口調で頼む。

隣に座る亜寿沙は、阿久津の話し方はずるいと内心思っていた。

事件を追っているのは確かだ。被害者が形代を持っていたことも本当のこと。

でも、そのことと、木島が形代を書いて縁切り縁結び碑に貼っていたことは何の関係もない。

彼女の形代はあそこに貼られていた何百という無関係の形代と何ら違いはない。

それでも、目の前にかつて自分が書いた形代を差し出され、事件の手がかりになるかもしれないから形代について話して欲しいと刑事を名乗る相手に言われれば、自分が何かとんでもないことをしでかしたのかもしれない、素直に話さなければ警察に捕まってしまうんじゃないかと心配になるだろう。

それがわかっていてこういう聞き方をしているのだから、阿久津という男は見た目の駄目さと裏腹に、なかなか食えない人間なのかもしれないなと亜寿沙は思い直した。

亜寿沙がそんな考えを巡らせている間にも木島はじっと睨み付けるように形代を眺めていたが、やがて小さく震える指で形代を自分の許に引き寄せて手に取ると、小さな嘆息を漏らした。

「たしかに、これは私が書いたものです。いまから、二年位前やったかな。そのころ、付き合ってた彼氏と別れたくて仕方なくて……」

「その彼って、ここに書かれている『鹿沢ホームズの彼』のことですよね」

亜寿沙が手に手帳をもって尋ねると、木島はこくんと潤んだ目で頷いた。

「はい。……半年くらいやったかな。その人と付き合《お》うてたんです。そやけど、最初は優しかった彼が段々本性を現して、私をお手伝いさんのように使うようになって……彼の思い通りに料理や掃除をせえへんとぶたれることもあったんです」

「DVにあっていた、ということですね」

手帳に聞き取った内容を書き綴《つづ》りながら確認する亜寿沙の言葉に、彼女は「はい」とはっきり答える。

「それで別れたくなって、縁切り神社にお願いに行ったんです。そのおかげなのか、そのあとすぐに彼はどこか別の会社に転職したとかで、会うことはなくなってほっとしました。そやから、この形代を見て心臓飛び出そうなくらいびっくりしました。なんで、二年も前に書いた形代がまだ残ってるんやろう……」

彼女は不思議そうにしていたが、亜寿沙はそれよりも聞きたいことがあった。

それは、その『鹿沢ホームズの彼』の名前だ。

「それで、その鹿沢ホームズに勤めていた彼はなんてお名前なんでしょうか」

「柳川篤志、っていいます。忘れたくてもなかなか忘れられへんくて」

苦しげに木島が吐き出した名前に、思わず亜寿沙は阿久津を見る。阿久津も亜寿沙に視線を合わせて、小さく頷いた。

繋《つな》がった。

あの山際綾子の事件と、いま繋がったのだ。

柳川篤志は山際綾子の元上司であり、あの事件の参考人の一人だった。

そして、亜寿沙たちが聴取をした一人でもある。

内心の興奮を抑えるのに必死な亜寿沙に代わって、今度は阿久津が冷静な声で尋ねる。

「すみませんが、そのとき晴美さんがされていたお仕事の内容を教えてもらえますか？」

はっと木島が顔を上げた。

その顔にはどこか怯《おび》えのような色が浮かんでいて、その違和感に亜寿沙の高まっていた興奮もすとんと収まるようだった。

なんだろう、彼女はまだ何か重大なことを隠している気がした。

阿久津はいつも以上に落ち着いた口調で、諭すように木島に話しかける。

「ここでの話は、決して口外しません。ここだけの話にすると誓います。だから、どうか子細を教えてもらえませんか。あなたが何の仕事をしていたのか。もしかしてその仕事に柳川篤志という男がかかわっていたんじゃないですか?」

木島はぎゅっと唇を噛《か》む。その唇が震えていた。

阿久津は彼女を静かに見つめたまま、亜寿沙の手帳の上に手をかざす。

「ここからのことは、記録もしません」

完全なるオフレコ。そこまでして、彼女はようやく重い口を開いた。

「当時、私は……公有不動産の管理の仕事をしてました。公有不動産言うてもいろいろあって。相続人がいなくなった家やマンションは国庫にはいるんです。それを公売して国の収入にするんやけど、私が担当してたんはそういう不動産の管理でした。……その彼とは、公売不動産の内覧会で出会ったんです。彼はそういう不動産の買い付けも担当してましたから」

そこまで言ったところで、彼女の瞳《ひとみ》からぽつりと涙がこぼれ落ちた。

「付き合い始めは、ホテルとか彼の自宅で会ってたんです。でも一度、彼がたまには趣向を変えて私が鍵《かぎ》を預かっていた家で会ってみたいっていわれて……郊外の一軒家で会って……それが彼はいたく気に入ったみたいで、次々といろんな物件で会いたがって……そのうち勝手に合鍵までつくって利用するようになって……当然、そんなこと職場に知られたら処分ものですから、私は怖くなって、それもあって彼と縁を切りたかったんです……」

「そのときの家やマンションはもう売れてしまっているんですよね？」

阿久津がそう切り出すと、彼女はゆるゆると首を横に振った。

「全部やないです。旧建築基準法時代に建てられた古い一軒家やと、いまの建築基準法のもとでは接道《せつどう》なんかの基準を満たしてなくて家を建てられへん土地もあるんです。ほかにも前の所有者が孤独死しはってて事故物件サイトに載ってしまってるせいで買い手がつかへんとか、ゴミ屋敷みたいになってて処分費が多額にかかるからとか……いろいろです」

「合鍵の回収は？」

少し迷ってから、木島は首をわずかに横に振った。

「いいえ。彼が合鍵を作ってるとわかった分はさすがに返してもらいましたが、あの男のことやからもしかしてそれ以外にも勝手に複製をつくってたりしてるかもしれません」

人が住まなくなって久しい家。管理しているのは国で、そう頻繁に見回ることもないだろう。

そこの合鍵を柳川篤志は持っているかもしれないという。

そこは、何か秘密のものを隠すのに最適な場所なのではないだろうか。

たとえば、人の身体とか。

「その家のある場所を、教えて、もらえますか」

気が急《せ》いてしまって、うまく声が出ない。亜寿沙が絞り出すように尋ねると、木島は観念したように「はい」と消えそうな声で答えた。

そして木島に柳川篤志が合鍵を作っていた可能性のある不動産の場所をすべて教えてもらうと、丁重にお礼を告げて別れた。

彼女の後ろ姿が見えなくなるとすぐに、阿久津は捜査本部の風見に電話を一本入れ、令状が必要かどうかを確認した。

風見の判断は、民間人の所有している不動産ではなく現在使用されているものでもないため家宅捜索の令状は必要ない。管理している近畿財務局への照会で足りるとのことだった。

裁判所の令状が必要ないのなら、すぐに不動産の調査に入れる。

阿久津たちはいったん署に戻ると照会文書を作成したあと、覆面パトカーを借りて近畿財務局の丸太町事務所に行き事情を話した。

もちろん、情報提供者である木島晴美のことは話さず、ただ捜査の必要があるという理由で不動産の鍵の貸与を頼むと、幸い残業していた管理職が協力的で鍵を貸してくれ、不動産の中に立ち入る許可も得ることができた。

対象の不動産は十五件。借り受けた鍵は二十二本。一つの不動産につき、門の鍵と家の鍵の二本あるケースもあるため本数が多くなったのだ。亜寿沙のトートバッグが重くなった。

もう日はとっぷりと暮れている。

しかし、このどこかに山際綾子がいる可能性があるのだ。

日が昇るのを待ってはいられなかった。

阿久津と亜寿沙の二人は近場から一つずつ物件をまわっていく。

最初に行ったのは古いアパートの一室で、次に行ったのは古ぼけた今にも崩れそうな一軒家だった。

それらをひとつひとつ丁寧に見て回ったが、山際綾子の姿は見当たらない。

もちろん、既に身体を解体されて隠されているもしくは埋められている可能性も考えて捜索しなければならないのだが、電気の通っていない暗い建物の中で捜すのは想像以上に大変だった。

一刻も早く山際綾子を捜し出してあげたいという気持ちと、できれば凄惨《せいさん》な遺体なんて見たくないという気持ちが暗闇の中でせめぎ合う。

そんなわけで内心びくびくしながら、亜寿沙は懐中電灯を片手に押し入れや、キッチンの棚、タンスなどを開けて捜していく。

一方、夜目が利くという阿久津は光源がなくても昼間と同じように見えているそうで、懐中電灯をもたずに平気な様子で家の中を探っていた。

亜寿沙が一部屋を捜索する間に阿久津は三部屋は捜索してしまうくらいにスピードが違う。視界の問題だけでなく、彼にとっては日が暮れた今の方が昼間よりも動きやすいせいもあるのだろう。

一通り家の中を見終わってリビングで阿久津と合流した亜寿沙は、安堵《あんど》とも落胆ともつかない声を出した。

「何もないですね」

「そうだな。もうずいぶん遅いから岩槻は先に帰ってもらって、あとは俺一人でも」

そう言いかけた阿久津の言葉を、亜寿沙は言葉で遮った。

「いいえ。私もやります。もしどこかに山際さんがいるなら、早く見つけてあげたいですから」

きっぱりと答える亜寿沙。本当は怖くて仕方なくて早く帰りたかったが、怖いから帰りますなんて刑事としてあるまじき態度だ。だから、自分のそんな軟弱な心を奮い立たせるためにも、はっきりと口にした。

そんな亜寿沙の気持ちを知ってか知らずか、暗くて顔は見えないけれど、阿久津からは小さく笑った気配が返ってくる。

「そうだな。次はえっと、ああ、ここから近いな。歩いてすぐいけそうだ」

阿久津は鞄《かばん》から取り出したリストをめくってそう呟《つぶや》く。

改めて思うが、窓から入ってくるわずかな外の明かりくらいしかない真っ暗闇の中で書類の文字なんてよく読めるものだ。

鬼だかなんだか知らないが、夜目が利くのは便利かもしれないとちらっと亜寿沙は思った。とはいえその代償として、日中あんなに眠くてだるそうになるのは割に合わないのですぐにその考えを振り払う。

しっかり戸締まりを確認して家を出ると、次の不動産へと移った。

次の不動産は、二階建ての大きなお屋敷だった。

家の周りをぐるっと背の高い塀に囲われており、さらにその内側に高い木が何本も生えているのが道路からも見えていた。

亜寿沙が門扉にかけられた南京錠《なんきん》を、借りてきた鍵で開ける。外した南京錠は門扉に適当にかけておいた。

ゆっくりと門を開くと、ギィィィィと苦しそうな音があたりに響く。

今はもう深夜一時をまわっている。道路には通行人の姿はひとつもない。ときおり、少し離れた大通りから車が通る音が聞こえるだけで辺りは静まりかえっている。だから余計に、門扉を開ける音が大きく聞こえた。

阿久津が前を歩き、それに亜寿沙が続く。

庭は雑草に覆われているようで、歩くたびに足に草があたった。

まだ春だというのに、敷地の中は濃い草の香りがたちこめている。

門から玄関まで三メートルほど。懐中電灯で足下を照らしながら歩いていたのだが、亜寿沙の足下をヌルッと何かが通り過ぎていく感触に思わず声が出た。

「きゃっ、な、なにっ⁉」

慌てたあまり、後ろに倒れ込んで尻餅《しりもち》をついてしまう。

足下を通り過ぎていったモノの方へ懐中電灯を向けると、小さな二つの丸が光を跳ね返す。ついで、「にゃーん」と可愛らしい声が返ってきた。

「な、なんだ。猫かぁ……」

どこかの猫がここの庭に遊びに来ていたようだ。猫は、すぐに草の中を走ってどこかへ行ってしまった。

「大丈夫か？」

先を歩いていた阿久津が戻ってきて手を差し出してくれたので、ありがたく支えにさせてもらう。

「ありがとうございますっ」

「こっちへ」

阿久津はそのまま亜寿沙の手を引いて、玄関の三段ほどある段差のところまで連れて行った。

「ここらは足下が悪い。君はここに座って休んでてくれ。俺は、ぐるっと庭を見てくるから」

庭の方は玄関前よりもさらに背の高い雑草がこんもりと生えているようだ。

何年も生えっぱなしになっているのだろう。

たしかに、懐中電灯があっても足下がおぼつかない亜寿沙は足手まといになるにちがいない。

「わかりました」

素直に伝えると、阿久津は一つ大きく頷《うなず》く。

「じゃあ、ここで待っててくれ」

阿久津はそう言うと、庭の方へと回っていく。

亜寿沙は段差のところに腰を下ろして、玄関周りを懐中電灯で照らして見た。

建物はレンガ風のタイルで彩ったモダンな外壁をしていたが、あちこちタイルが剥《は》がれ落ちていて長らく手入れされていない様子がうかがえた。

もう少し季節が進めば蟬だったり、秋の虫だったりが賑《にぎ》やかに鳴くのだろうがあいにくいまは春。鳴く虫もおらず、辺りはしんとしずまりかえっていた。

亜寿沙は懐中電灯を横に置くと、なにげなく自分の両手のひらに目を落とす。

さっき尻餅をついた拍子に、手のひらにも土や草がついていた。

手をこすり合わせて払うと、ふわりとある香りが鼻を掠《かす》めた。

草の匂いとも土の匂いとも違う。しかし、どこかで嗅《か》いだことのある香り。

驚いて亜寿沙は手のひらを鼻にあてて、鼻いっぱい吸い込んだ。

ほんのわずかな香りだが、亜寿沙の嗅覚《きゅうかく》はたしかにその香りを覚えていた。

(この匂い、以前どこかで……。それに、一体どこで手についたの?)

遡《さかのぼ》って考えてみる。

直近で触れたものといえば、阿久津の手が思い浮かんだ。

(彼の手についていた? いやそれならもっと早くに気づいたはず)

尻餅をついた際、手についた土や草。

その前に門の鍵《かぎ》を開けて……。

亜寿沙はハッと顔を上げると、傍らに置いていた懐中電灯を握りしめて門扉に駆け寄った。

門扉に直接鼻を近づけてクンクンと匂いを嗅ぐ。

他人に見られたら面倒なことになりそうだが、いまは深夜。周りに人の姿は皆無だ。

遠慮なく匂いを嗅ぐが、門扉からは錆《さ》びた鉄と埃《ほこり》の臭いしかしてこなかった。

(ここじゃない。じゃあ、どこでこの匂いが……。あ、そうだ! もしかして!)

懐中電灯で門扉を照らすと、すぐにそれは見つかった。

鈍い光を放つ、門扉にかけられた南京錠。さっき亜寿沙がそこにかけたものだ。

身をかがめると、南京錠に触れんばかりに鼻を近づけた。

香ってきたのは、金属の香りともう一つ。

さわやかな柑橘《かんきつ》系の中に、甘さのある香りが鼻をついた。

（これだ！　この匂いが私の手についたのね）

それと同時に、以前この匂いをどこで嗅いでいたのか思い出す。

任意聴取していた情景が頭に浮かんだ。あれは誰だったか。そうだ、山際綾子の元上司である柳川篤志がつけていた香水だ。

あの香水に使われていたのは柑橘系の香料だった。そこに混ざっていたシダーウッドとバニラの甘い香り。

その香水と寸分違《たが》わず同じ香りが南京錠から香っていた。

香水は手首や首元につけることが多い。そのため手のひらにも匂いがついてしまい、物を握ったときに匂いがうつることがある。

「あ、阿久津さん！」

柳川篤志の香水の香りがするということは、彼が最近ここを訪れた可能性が高い。

亜寿沙は慌てて立ち上がると、懐中電灯の明かりを頼りに阿久津のあとを追った。

　草をかき分けて、ぐるっと家の裏に回るとそこには予想以上に広い庭が広がってい
た。それに低木があちこちに植えられていて、人影と見分けがつきにくい。

「阿久津さん！　どこですか！」

　懐中電灯で辺りを照らすものの、光は近くの低木や庭に置かれた朽ちたベンチなど
を照らし出すだけで阿久津らしき姿は見えない。

　しかしすぐに左手の奥から阿久津の声が返ってきた。

「どうした？」

　声の聞こえ方からして、十メートルくらい離れているようだ。

「ちょっと、気づいたことがあって！」

　声を上げると、阿久津の方からも、

「俺もちょっと見てほしいものがあるんだ。いま、そっちにいく。待っててくれ」

　言葉の通り、ガサガサという草を踏む音とともに暗闇から阿久津が姿を現した。

「見てほしいものって、もしかして……」

　亜寿沙は、ごくりと生唾《なまつば》を飲み込む。

「来ればわかる。ちょっと握るよ」

　阿久津は亜寿沙の手を握ると、来た道をもどっていく。亜寿沙も足下に気をつけな
がらついていった。

阿久津に連れて行かれたのは、亜寿沙がいたところとは庭を挟んで反対側にある外壁のそばだった。

阿久津は亜寿沙の手を放すと、地面を指さす。

「ここなんだけどさ。見てみてくれ」

阿久津が指さす先に亜寿沙は懐中電灯の明かりを向ける。

地面が照らされて白っぽく浮かび上がる。

これだけ草に覆われた庭だというのに、縦横一・五メートルほどの四角い一角だけ草がない。

いや、元はここにも草が覆い茂っていたのかもしれない。土の中に枯れた細長い茎が半分埋もれるようにして突き出していた。

亜寿沙はそれをつまんで引っぱってみる。何の抵抗もなく茎はすっと抜けた。

ここの土は地面本来の堅さがない。まるで掘り返されて埋め戻されたかのようだった。

「阿久津さん。私も気づいたことがあるんです。そこの門の南京錠に、香水がついていました。その香水、以前、柳川篤志さんを任意聴取したときに彼から香ってきたものと同じものだったんです。もしかして彼は、最近ここに」

そこまで言ったところで、亜寿沙は声をなくす。

ドガッという鈍い音と共に、たったいままで目の前に立っていた阿久津が突然地面に膝《ひざ》をついた。

阿久津の背後の暗闇に、何か長く大きなものを振り上げる人影のような輪郭がうっすらと浮かび上がって見える。

危ない！　と叫ぼうと思ったのに、声が喉《のど》の奥から出てこない。ただ、ひゅーひゅーと無駄に息を吐き出すだけだった。

再び人影が阿久津に向けて長く大きなものを振り下ろす。

しかし、そのときにはもうそこに阿久津はいなかった。

あれ？　いままでそこに蹲《うずくま》っていたはずなのに、どこにいったんだろう。

亜寿沙がそう思ったのと同じように、襲撃者も阿久津の姿を見失ったのか今度は亜寿沙の方に向かってきた。

咄嗟《とっさ》に亜寿沙は手に持っていた懐中電灯の光を襲撃者の顔に向ける。

そこにいたのは、金属製の長いスコップを手にした柳川篤志だった。

「柳川さんっ⁉」

亜寿沙の口から叫び声が漏れる。

突然の明るさに一瞬怯《ひる》んだ柳川だったが、瞬きを数回すると能面のような無表情のままスコップを亜寿沙に向けて振り上げた。

逃げなきゃ、やられる！

そう思うものの足が言うことを聞いてくれない。

こんな窮地なんていままで体験したことがなかった。

柳川の動きが、スローモーションのように見える。

これがタキサイキア現象というものなのだろうか。

柳川がスコップを振り下ろしてくる。

亜寿沙は逃げることもかなわず、ぎゅっと目を閉じてしまう。

一瞬、死を覚悟しそうになった。

だがスコップが振り下ろされる前に、柳川の身体が勢いよく亜寿沙のすぐ横の地面へ倒れ込んだ。

いつの間にか柳川の背後に回り込んでいた阿久津が、柳川の背を思い切り蹴《け》って地面にたたきつけたのだ。

そのまま阿久津は柳川の背中に右足を置いて押さえつける。ただ片足を置いているだけなのに、地面に両手をついて必死に起き上がろうとする柳川を完全に封じていた。

「現行犯逮捕だ。岩槻、手錠を出してくれ」

「は、はいっ」

亜寿沙が手錠を取り出すと、阿久津は片膝で柳川の背を押さえ込んだまま柳川の両手を後ろに回し、手錠が掛けやすいようにしてくれる。

ガチャッと音を立てて手錠が固定されると、ようやく亜寿沙はほっと息をつけた。

阿久津は柳川から足を離して、彼を引っ張り起こした。

そのころにはもう、柳川はすっかり大人しくなっていた。

「柳川篤志だな。公務執行妨害及び暴行の現行犯で逮捕する」

「はい……」

がっくりとうなだれた柳川は小さく呟《つぶや》くように答えた。

「あと、夜が明けたらそこの地面も掘ってみるか。だいたい何が出てくるのかは想像つくけど」

「……そうですね」

そこまで言ってから亜寿沙は手に何か濡《ぬ》れたものがついていることに気づいて、懐中電灯の明かりで確かめてみる。

手には、べっとりと赤い血のようなものがついていた。

「え、血⁉ もしかして」

阿久津に懐中電灯を向けると、彼は眩《まぶ》しそうに目を細めた。

その額から赤い血が幾筋も垂れている。頭頂あたりを怪我しているようだ。

「さっきスコップで殴られた傷ですか⁉」

慌てて亜寿沙がトートバッグからハンカチを取り出して差し出すが、阿久津は困ったように手で遮った。

「大丈夫だって。俺、傷の治りは早いから」

「それだけ血を流してて、大丈夫なわけないでしょう⁉　本部に連絡したらすぐに病院に行ってください！」

「だから、本当に大丈夫なんだって。ほら、もう血は止まってきてる」

「え……？」

暗い上に傷は髪の毛の中のようなのでどうなっているかまでは見えないが、阿久津が手で額の血を拭《ぬぐ》うと血はそれ以上流れてはこないようだった。

「言っただろ。俺は鬼に憑《つ》かれてから体質がでたらめなんだ」

「それでも、頭を打ってるんですからちゃんと病院でみてもらってください」

なおも譲らない亜寿沙に、阿久津は小さく苦笑を浮かべて諦《あきら》めたように笑うのだった。

柳川は阿久津が呼んだ警察官たちに北野署へと連行された。

そして夜明けを待ってから、庭の捜索が開始される。

スコップをもった警察官たちが地面を掘り起こすと、膝を抱えた格好で埋められた右手首のない女性の遺体が発見された。

遺体は検分の結果、山際綾子と判明。

これにより、柳川篤志は死体遺棄の容疑もかかることになる。

死因は頭部を鈍器で殴られたことによる頭部損傷だった。しかも、服の下には死亡するより以前に打撲したとみられる古い痣《あざ》も複数見つかった。

さらに柳川の自宅を家宅捜索した結果、室内のあちこちで山際綾子の指紋が発見され、洗面所に置かれたヘアブラシや車の座席からは彼女の毛髪が多数みつかった。

近隣住民への聞き込みでも、山際綾子によく似た人物が家に出入りしていたという証言があがる。

多数の物証がみつかったことで諦めたのか、柳川は取り調べに素直に応じていた。

彼の話によると、一年ほど前から柳川と山際綾子は男女の関係にあったのだという。

柳川自身は結婚まで考えていたようだが、三月の下旬にたまたま社内の給湯室を通りかかったときに、山際綾子が同僚と話していたのを立ち聞きしてしまった。

深刻そうに話す彼女の声が聞こえたので思わず給湯室の入口に隠れて話を聞いていると、彼女は週末に一人で縁切り神社に言ったと話していた。

誰との縁を切ろうとしたのかまでは同僚には話していなかったが、柳川はそれが自分との縁にちがいないと思った。

神にすがってまで自分と別れようとしていることに酷《ひど》く腹を立てた柳川は、その日の夜、安井金比羅宮を訪れて彼女が書いた形代を剝《は》がそうとしたらしい。

どうにか山際綾子の書いた形代を見つけたものの、他の形代とノリでしっかりくっついていて剝がせない。そのとき境内を他の人が通りかかった。柳川はこんな姿を他人に見られたくなくて慌てて下半分だけちぎり取るとその場を後にしたという。

おそらく、かつての恋人の木島晴美の証言や山際綾子の身体に残っていた多数の痣からして柳川は酷いDV癖の持ち主なのだろう。

それで山際綾子も縁切り神社の力を借りて、彼から逃れようとしたのかもしれない。木島晴美のように。

しかし、その数日後の三月二十五日のこと。

柳川は普段バスで通勤しているが、自分の車で会社まできて近くの駐車場で停めておくことがしばしばあった。そのため、自宅の合鍵《あいかぎ》とともに車のスペアキーも山際綾子に預けていた。

その日も山際綾子は退社後、柳川の車で彼の好きな高級食材を多く扱う遠方のスーパーで買い物をすませたあと、柳川の家へ行って夕飯を作り、柳川のジムが終わる時間にジムの近くまで車で迎えにきていたのだそうだ。

そのまま二人で柳川の家に帰って食事をしたのだが、柳川が一風呂《ひとふろ》浴びて出てくると山際綾子がいつにない剣幕で怒っていた。

彼女の手にはあの千切れた形代が握られており、どうやら台所のゴミ袋に捨ててあったものを食事の後片付けをしていた彼女がみつけて怒っているようだった。

柳川の方も、自分と別れようと神頼みしていた彼女への怒りが再燃して言い合いになり、かっとなった柳川が近くにあったワイン瓶で彼女の頭を殴打して死に至らしめてしまう。

彼女が死んだことがわかり、柳川はすぐに彼女の遺体をどこか人目のつかないところに隠そうと考えた。幸い、二人の付き合いは社内では秘密にしていたため、山際綾子が行方不明になったとしても自分が疑われることはないという思いもあった。

のちの捜査で、柳川は他にも社内に付き合っている女性がいたことがわかっている。おそらく二股《ふたまた》状態を維持していくために、社内では女性との付き合いを隠すようにしていたのだろう。

柳川は遺体を山にでも捨てに行こうかと考えたが、山間部に土地勘があるわけでもない。そこで、以前木島晴美と逢瀬《おうせ》をしていた空き家のどこかに隠すことを思いつく。

早速その日の晩、柳川は海外旅行用のトランクに山際綾子の死体を詰めて、車であの家へと運び込んだ。幸いその家の庭には園芸用品を入れておく簡易物置があって、穴掘り用にちょうどいい大きさの金属製スコップもみつけた。

ひとまず家の中へ遺体を運ぶと、置かれたままになっていた古いベッドに毛布にくるんで置いておいた。そして、みなが寝静まる夜中を待ってスコップで穴を掘った。

しかし、遺体を穴に運ぼうとしたところで柳川はハタと気づく。

彼女の手には千切れた形代が握りこまれたままだったのだ。

そこには彼女の名前が書かれていた。柳川篤志のイニシャルである『Aさん』と書かれた部分は縁切り縁結び碑に貼り付いたままだったが、万が一にも彼女の遺体が誰かに発見されたときに手に握りこんだ形代がきっかけとなって自分とのつながりが明らかになることを柳川は恐れた。

柳川は彼女の指を開いて形代を取りだそうとするのだが、彼女の指はまるで陶磁器の人形のように固くなっていて動かなかった。

きっと死後硬直のせいで指が固まっているのだろう。時間が経てば自然と硬直は取れて指が開くにちがいないと考え、柳川はしばらく遺体をそのままベッドに置いておくことにした。

死後硬直は死後半日から一日程度がピークで、やがてじわじわと解けていき、二、三日もすれば完全に解けてしまうこともスマホで調べて知っていた。

それなのに、山際綾子の遺体は三日経ち、四日経って全身の死後硬直が解けてぐったりと弛緩《しかん》した状態になっても右手の指だけは変わらなかった。しっかりと形代を握りこんだまま少しも動かせない。

「それで……僕は、段々怖くなっていったんです。この指の硬直は永遠にとけないんじゃないかって。僕の罪をあばくために、死んだあともなお彼女があの紙を握りこんでいるんじゃないかって……それを考えたら怖くて、仕方なくて……」

取調室の中で柳川篤志は憔悴《しょうすい》しきった顔で何度もそう繰り返した。

そして恐怖のあまり、発作的に彼女の手首を風呂場で切り落としてしまっていたと証言した。切り落とした手首は新聞紙にくるんでレジ袋に入れ、車で通勤途中に見かけた人の気配の少ない路地のゴミ集積所に捨てたのだそうだ。

ゴミとして処理場の炎で燃やされてしまえば、すべて灰になるだろう。

遺体の他の部分は穴に埋めた。やがて遺体が白骨化したあかつきには、掘り返して砕いて同様にゴミとして捨てれば見つかることもないだろうと一安心した。

しかし、ゴミ収集車が発火したことで、すぐに手首は発見されてしまう。

それでも柳川は自分に捜査が及ばないよう、表向きは以前と変わらず平然と日常生活を送っていた。

これが事件の真相のすべてだった。

任意聴取を受けてからは、いつか山際綾子の死体が見つかってしまうんじゃないかと怖くなって、仕事終わりにちょくちょくあの空き家周辺を見回っていたらしい。

そこに自分を聴取した刑事の阿久津と亜寿沙の姿が見えたので、息を潜めて様子をうかがい殺害して埋めようと考えたのだという。

取り調べの途中で柳川は何度も、

「彼女は怒ってるんでしょうね……きっと、いまも……。だから、死んだあとも指を開かなかったんだ……」

と呟《つぶや》いては始終何かに怯《おび》えているようだったと、取り調べのあと自席にもどってきた徳永強行三係長が珍しく薄気味悪そうに渋い顔をしていた。

そこに風見管理官が、

「まるで呪われてるかのようですよね」

なんて真面目な顔をして応じたものだから、徳永係長はさらに顔の皺《しわ》を深くして、

「管理官まで、あの変人みたいなこと言わんでください」

なんて大きな声で言い返すのが、自席のノートパソコンで書類整理をしていた亜寿沙の耳にも聞こえてくる。

変人って、たぶん、いや間違いなくうちの係長のことだろうなとこっそり向かいの席の阿久津の様子をうかがうが、彼は徳永係長の声が聞こえていたはずなのにちっとも気にしたそぶりもない。

黙々と書庫の奥底から出して来たらしい年代物のファイルを読みふけっている。

ああやって、過去の記録の中から怪異がかかわったとおぼしき事件の情報を収集しているらしい。

捜査に役立つこともあるというが、おそらく本当の目的は彼を嚙《か》んだという鬼に繫《つな》がる情報を探しているのだろう。

間違いなく変人だ、と亜寿沙は認識を新たにした。

とはいえ、今回の事件は通常の捜査だけでは解決にもっと時間がかかったことだろう。一足飛びに木島晴美へとたどりつけたのは、安井金比羅宮で手に入れた形代のおかげだ。

あのとき縁切り縁結び碑の穴から見えたものがなんだったのか、いまだに亜寿沙にはわからない。あれが崇徳上皇だったのか、それとも別の怪異と呼ばれるものの仕業だったのか知るよしもないけれど、あの形代を目の前に落として亜寿沙たちを助けてくれたことは間違いないように思うのだ。

「今回の事件、考えてみればみるほど不可解なことばかりでしたよね」

亜寿沙のつぶやきに、阿久津は顔を上げると苦笑を浮かべた。

彼の頭の傷も、あれだけ流血していたにもかかわらず、夜が明けた数時間後に病院で診てもらったところすでに傷は塞《ふさ》がっていたそうだ。この阿久津という男の存在もまた、不可解なことだらけだった。

「絶対に犯人を許さないっていう山際綾子の執念がなしたことだったんじゃないかな。その執念に崇徳上皇が応《こた》えて、あのゴミ収集車発火事件はおきたのかもしれない。崇徳上皇も、自分のとこに救いを求めに来た相手を殺されて怒ったんだろうしな。そもそも安井金比羅宮は人気だから、縁切り縁結び碑に貼られる形代の数はものすごい量になる。それで、ときどき取り剝《は》がしてお焚《た》き上げするそうだ。だから、二年前の形代が残っているなんて本来あり得ないことなんだが、あの木島晴美の形代はいったいどこから出てきたんだろうな」

わからない。不可解なことだらけだ。

事件のことも、この目の前の上司のことも。

亜寿沙は釈然としないものを感じながらも、怨念《おんねん》や呪いといった怪異はもしかしたら存在するのかもしれないと考え始めていることに自分自身で驚いていた。

その後、拘置所の中で柳川は自分の首を自分の両手で絞めて命を絶った。

柳川の両手は自分の首をしっかり握ったまま、司法解剖が済んで荼毘《だび》に付されるまでずっと死後硬直が解けず、まるで誰かが柳川の首を絞め続けているかのようだったという。

第二章　深泥池《みどろがいけ》の怪異

亜寿沙には忘れられないことがある。

それは、亜寿沙がまだ六歳のころの出来事だった。

大人になったいまでも、そのときのことを思い出すと深い棘《とげ》が胸の中に刺さっていて辛《つら》くなる。

あのとき刺さった棘は、いまも抜けてはいない。

歳月の経過とともに薄れることもない。

あのとき感じた違和感と後悔は、悲しみとともに今も深く刺さり続けていた。

当時、亜寿沙は家族とともに京都市内にある団地で暮らしていた。

そして、団地に住む他の子たちと同じように、近くにある幼稚園へ通っていた。

幼稚園でのことはあまり覚えていないので、きっと毎日平穏に楽しく過ごしていたのだと思う。

園が終わると、同じ団地に住む子たちと迎えにきた母親たちとで一緒に歩いて帰るのがお決まりだった。その途中にある公園で、ひと遊びすることも多かったように思う。

その日も、いつものように幼稚園に母親が迎えに来て、いつものように友人たちとおしゃべりしながら帰路につき、そしていつものように団地の近くにある公園で遊んでいた。

その公園は通りから入ってすぐのところに砂場などの小さな子向けの遊具があり、そこから奥に行くと幼児や小学生が遊ぶ大型遊具があった。

母親たちはいつものように砂場のまわりに集まっておしゃべりをしていた。

まだ園に通う年齢ではない小さな弟妹《きょうだい》たちは砂場遊びが大好きで、それを見守りながら母親たちがおしゃべりに花を咲かせるのもいつもの光景だった。

一方、幼稚園帰りの園児たちは、もう大人しく砂場で遊んでいる年頃ではなかった。幼稚園の園庭でもいっぱい遊んできたのにまだエネルギーの有り余っている男の子たちは、大型遊具でライダーごっこをしていた。

女の子たちも集まって遊び始める。

母親たちはおしゃべりと小さな弟、妹たちの世話に忙しく、亜寿沙たちのことはときおりちらっと眺めるだけでさほど気にしている様子はなかった。

いたのだろう。

公園は金網のフェンスで囲まれていたから、車道に飛び出す心配もないと安心して
亜寿沙たちもまた、親とべったり一緒にいなければならない年頃でもなかったので、母親たちが視界に入る距離であれば多少離れていても平気だった。

当時、亜寿沙が一番仲良くしていたのは、琴子《ことこ》という女の子だ。

勝ち気で喧嘩《けんか》っぱやい亜寿沙と比べ、琴子は落ち着いていておだやかな子だった。琴子には菜々子《ななこ》というまだ三歳になったばかりの妹がいて、亜寿沙と琴子の後ろをちょこちょことついて回っては同じことをしたがった。

その日、夢中になっていた遊びはどんぐり拾いだった。公園内には何本もどんぐりのなる木が生えていたため、競うように綺麗《きれい》な形のどんぐりを探して遊んでいた。

気に入った形のどんぐりをみつけてはポケットに詰め込んでいく。

三歳の菜々子も、亜寿沙たちのそばでどんぐりを拾っていた姿をいまもよく覚えている。

子どもたちの明るい声が絶えないその公園を利用していたのは亜寿沙たちだけではなかった。

ゆっくりした歩調で散歩しているご老人や、ベンチで缶コーヒー片手に休憩しているサラリーマンなど。

いろいろな年代の人が思い思いに過ごしている。

それも日常の光景の一部だった。

だがそんな日常の光景の中にその日、亜寿沙は見慣れない存在があることに気づく。

亜寿沙だけではなく、他の子たちも気づいていた。

砂場で話に興じる母親たちからちょうど見えない木陰に、一人の男が立っていたのだ。

ネズミ色のロングコートに身を包み、黒いツバ広帽を目深にかぶった男は、何をするでもなく遊ぶ子どもたちを見ながら立っていた。

初めはうっすらと警戒心を抱いた亜寿沙たちだったが、やがて遊びに夢中になるうちに男の存在なんてすぐに気にしなくなる。

公園を利用する他の大人たちと同じように、公園の背景の一部のように思っていた。

どんぐりにも様々な形があって、亜寿沙が一番気に入っていたのはまるっこいどんぐりだった。地面を眺めてそれが落ちている場所を探し歩いているうちに、いつしかあのコートの男が立っている木の近くまで来てしまう。

ふと顔を上げたらコートの男がすぐ近くにいたので亜寿沙は驚いた。

しかし帽子を目深にかぶったその男は亜寿沙には何の興味もしめさず、どこかをじっと熱心に眺めていた。

そこに落ちているどんぐりを素早く拾い上げて友人たちのところに戻ろうとしたとき、ふわりと風に乗ってとある匂いが亜寿沙の鼻をかすめる。

お化粧の匂いだと思った。

母親が亜寿沙に抱きつくとき、いつも似た匂いがした。

他の母親たちも同様だった。

少しずつ違うけど、でもよく似た匂い。

だけど男の人からお化粧の匂いがするなんて、変だなと思った。

しかし、まだ六歳だった亜寿沙は抱いた違和感をそれ以上気にすることもなく、他の場所へどんぐり拾いに行ってしまう。

それから、しばらく経ってからのことだった。

友人の琴子が青ざめた顔で妹の菜々子がいないと言い出した。

「ななちゃんがおらへん。どこいったん……？　ななちゃん！　ななちゃん！」

ついさっきまで一緒に遊んでいるとばかり思っていた。いつものように亜寿沙たちのあとをついてきていると思っていた。

しかし、三歳の菜々子は公園から忽然《こつぜん》と姿を消してしまっていたのだ。

琴子の声に母親たちも異変に気づいて、慌てて総出で捜し始める。

「菜々子ー!!」

「菜々子ちゃんー！　どこいったんー！」

「ななちゃんー!!　でてきて！　かくれんぼはもう終《しま》いやで！　ななちゃん!!」

しばらく捜したけれど、公園の中にも、公園の外にも小さな菜々子の姿は見えない。

やがて琴子の母親はベンチに力なく座り込んだ。

ほかの母親たちも途方にくれていた。

誰かが警察を呼ぼうと言い出したとき、子どもの一人がおびえた声で言った。

「あのおっちゃんがつれてったんや」

他の子たちも口々に言い出した。

「うん。きっとそうや。あのおっちゃん、ずっとななちゃんのこと見てはったもん」

「あのおっちゃん、人さらいやったんや。あのコートの中にかくして連れてってしもたんや」

そのときになってようやく母親たちは、死角になる場所に不審な人物が立って子どもたちを見ていた事実を知る。

子どもたちはあのコートの人を、「おっちゃん」だと言っていた。

でも亜寿沙には、どうしてもあれが男の人だったとは思えなかった。

だって、あの人からは母親と似たお化粧の匂いがしたのだから。

「あ、あのねっ。あの人、たぶん、おっちゃんちゃうよ。だって、ママと同じような匂いがしとったで？」

　亜寿沙は必死にそう主張したのだが、

「えー、絶対おっちゃんやったって。パパが着てるのとおんなじようなコート着てたもん」

「そうや。そうや。髪かて短かったで」

　他の子たちは誰も亜寿沙の意見に賛同してはくれなかった。

　たしかに見た目は男の人だった。でも、男の人なのになぜ、お化粧の匂いなんかしたんだろう。

　亜寿沙は、母親たちにもそのことを伝えようとしたが、亜寿沙の話に耳を傾けてくれる人は誰一人いなかった。

　みんな、それどころではなかったのだ。

　それから警察や団地の人たち、幼稚園の保護者などたくさんの大人たちが菜々子を捜したが一向に見つからない。

　琴子の家族は、菜々子のビラをつくってあちこちに貼った。

　警察も誘拐事件として本格的に捜査をはじめ、犯人像を公開して情報を募った。

　手書きの犯人像の絵には、ネズミ色のコートにツバ広帽をかぶった男が描かれていた。

警察が貼ったそのビラを見るたびに、琴子の家族が貼った菜々子の写真入りのビラを見るたびに、亜寿沙は胸の奥が痛くなって悲しくなった。

(あれは、おっちゃん違《ちゃ》うもん。絶対、違うもん……)

それから二十一年の月日が経ったが、菜々子はいまだ見つかっていない。

*　*　*

しだいに暑さが募りつつある梅雨の晴れ間の休日。

亜寿沙はカフェのテラス席でアイスコーヒーを飲みながら、人を待っていた。

仕事のときはいつも後ろでひとまとめにしている髪も、今日はおろしてみた。清々《すがすが》しい風が髪をやさしくなでていくのが首元にくすぐったい。

グラスの底に沈んだガムシロップをストローでかき混ぜていると、氷が涼しげな音を奏でる。

さっきより少し甘くなったコーヒーをストローで飲んでいたら、

「あずちゃん!」

テラスの入口から声がかかった。顔をあげると、一人の女性がにこやかな笑顔とともに、こちらへ手を振りながら歩いてくる。

モスグリーンのワンピースに、ゆるくウェーブのかかったブラウンの髪をした優しそうな雰囲気の女性だ。

山下《やました》琴子。亜寿沙と同じ二十七歳。

亜寿沙が子どもの頃に京都に住んでいたときからの仲で、亜寿沙が父親の転勤で関東に引っ越してしまったあとも年賀状や手紙のやりとりは続き、大人になってからはSNSなどでつながっていた。

亜寿沙が京都で就職してからというもの、いままで以上に連絡しあうことが増えて、こうやって一緒に待ち合わせて遊びにいくこともたびたびだった。

「琴ちゃん、おそーい。待ち合わせは三十分前だったんですけど？」

少しふてくされた口調で返す亜寿沙に、琴子は亜寿沙の向かいの席に腰を下ろすなり顔の前で手を合わせた。

「ごめんごめん。ちょっと、両親と河原町まで行っててん」

「河原町？　お買い物してたの？」

琴子の両親は彼女のことをとても大事にしていて、極端なほどに彼女が一人で外出することを心配していた。大学を卒業するまでは、塾や学校も毎日送り迎えしていたようだ。遊びにいくときまでついてきたらしい。

大学を卒業して働き出すとさすがにそこまで付き添いたがることもなくなったようだが、それでも小まめに連絡を入れるよう言われているという。

だから今日も両親同伴で買い物でもしていたのかなと思ったのだが、琴子はゆるゆると首を横に振った。

「ううん。ちょっとビラ配りしてたんや。急に母の仕事のシフトが変わって今日が休みになってな。こういうええ天気の日は人通りも多くて、ビラを手に取ってくれる人も多いから、両親でビラくばりにいくって話になってん。それで私も手伝ってたんや」

琴子の目がわずかに曇る。にこやかだった顔に、仄《ほの》かに悲しげな影が差した。

ビラ配り。それが意味することを察して、亜寿沙の声も沈む。

「そっか……。言ってくれれば私も手伝ったのに」

そのビラには、琴子の妹の写真が載っているのだろう。

幼いときのまま。亜寿沙の記憶に残るあのときの姿のままで。

琴子の妹・菜々子は、あの日忽然と公園から消えてしまってからというもの、今も見つかってはいない。

警察の捜査も終わり、協力者たちが一人また一人と琴子たちの下から去っていっても、琴子と両親だけは妹のことをずっと捜し続けていた。

琴子はすぐに元のにこやかな笑顔に戻ると、努めて明るく言う。

「ありがとう。その気持ちだけで充分や」

そしてメニューを手に取り、注文を取りに来た店員にアイスカフェラテを頼むと店員がいなくなるのを見計らってぽそっと漏らした。

「正直言って……あれから二十一年も経つのに、いまさらビラを配って何になるんやろうって思うこともあんねん。そやけど、やめるわけにはいかんやん。もしかしたら、いまも菜々子はどこかで私らのことを待ってるかもしれへんねんから」

あれから二十一年。

もう当時のことを鮮明に覚えている人なんていないだろう。

千年以上続く古都といえど、年月が経てば街は変わり、人も変わる。

新たな目撃情報や事件解決につながる情報がみつかる可能性は限りなく小さいにちがいない。

それでも、琴子たちが捜すのをやめられない気持ちも痛いほどわかる。

もしかしたら、いまもどこかで生きているんじゃないかという希望を捨てることなんてできないのは亜寿沙も同じだった。

「うん。ななちゃん、きっと待ってるよ。私もそう信じてる。それに私、せっかく刑事なんていう仕事につけたんだから、協力できることは何でも協力するからね」

むんと二の腕にこぶを作る真似をする亜寿沙に、琴子はやわらかく目を細める。

「ありがとう、あずちゃん」

琴子の目にはうっすらと光るモノが滲《にじ》んでいた。


数日後の深夜。

亜寿沙は、京都北部にある閑静な住宅街にいた。

最近、このあたりの住宅街で深夜に侵入窃盗に入られる事件が多発しているのだ。

当初は通常の連続侵入窃盗事件として所轄の刑事課が捜査にあたっていたのだが、押し入られた家の住人がたまたま起きてきてリビングで物色していた窃盗犯と遭遇。窃盗犯が住人を刃物で刺して逃げるという事態が発生した。

住人は幸いにも命はとりとめたが、一時重体となっていた。

それをもって、当該事件は重大犯罪として京都府警察本部の捜査第一課も所轄と共同で捜査にあたることになったのだ。

本来、空き巣は捜査第三課の担当なのだが、被害者が刺されたことで強盗致傷案件として捜査第一課担当となった。

亜寿沙は歩きながら胸元を手で扇ぐ。梅雨の合間。むわっとした空気が身体にまとわりついてじめじめと気持ちが悪い。

風が吹いてくればまだ涼しくなるかもと期待したが、吹いてくるのは湿り気を含んだ風のみで余計湿度があがったようだった。

「犯人、現れますかね」

不快感をふりはらうように元気な声で隣を歩く阿久津に言う。

「さあなぁ。前は週一で現れてたらしいが、俺たちが捜査を強化してからは警戒してんのかもな」

ここ一か月ほど事件はおきていない。しかし、だからといって捜査の手を緩めるわけにもいかなかった。一刻も早く犯人をつかまえなければ、住人たちは安心して夜寝ることもできないだろう。

とはいえ、同一犯とおぼしき侵入窃盗が現れるのは、同じ京都府内といえど複数の市にまたがる広い範囲だ。

所轄の警察署、交番、そして京都府警察本部刑事部が協力して捜査と警らにあたっているが、少しでも捜査の手を緩めれば再びどこかの住宅が狙われかねない。

なんとしても、次の被害が出る前に犯人を捕まえたかった。

「もう侵入窃盗を止めたんでしょうか。それとも、別の府県に移ったとか」

「どうだろうな。他府県で同様の事件があればすぐにうちの刑事部にも情報が入ってくるはずだが、いまのところそれもないしな。単に身を潜めて頃合いを見計らっているだけだろう」

「なおさら、早く見つけなきゃですね」

現場に残された証拠類は侵入された件数に比べるとかなり少なく、指紋や足跡の類《たぐ》いも残ってはいなかった。

それだけでも、犯人はかなり慎重な性格だと見える。もしくは、相当手慣れているか、だ。

だから、現行犯で逮捕できたらそれが一番手っ取り早いのだ。

それもあってこうやって係ごとに交替で深夜の住宅街の見回りをしていた。今夜は特異捜査係の亜寿沙たちに順番が回ってきたというわけだ。

「土地勘のない場所だと空き巣もやりにくいだろうからな。俺も京都はまだ知らない土地が多いから、いまだに地図アプリがないと移動もままならないよ」

苦笑まじりに阿久津は肩をすくめる。

「阿久津さんの地元って関東でしたっけ」

京都に赴任する前は警視庁にいたと聞いたことがあったのを亜寿沙は思い出す。

「ああ。生まれも育ちも埼玉だな。学校は東京だったし。そういえば、岩槻も関東出身だっけ？」

「はい。地元は神奈川です。といっても、親が転勤族だったので子どものころは数年おきにあちこち転々としていました。京都にも小さい頃に数年暮らしたことがあるんです」

人々の寝静まった住宅街は小さな音でも大きく聞こえる。

二人は声を抑えながら話していた。

「そうか。だから京都府警を受けたんだな」

「そうですね。幼稚園を卒園するまで三年ほど住んでいたので、私にとっては懐かしい土地なんです」

神奈川出身でいまも標準語の抜けない亜寿沙は、たびたび周りの人からなぜ京都府警を受けたのかと聞かれることがあった。

そんなときはよくこの転勤話を持ち出すようにしている。そうすると、みんな納得してくれるからだ。

でも、本当の理由はそれだけではなかった。

親の転勤に付き添って北は北海道から、南は九州まで各地を転々としていたのだ。

懐かしく思う土地なら他にもいくつもある。

それでもあえて京都を選んだのは、亜寿沙の胸の奥に今も刺さり続けている棘《とげ》のせいだった。

それをいままでずっと誰にも言えずに隠してきたけれど、彼になら言ってもいいのかもしれないと思い直す。上司であり、刑事として亜寿沙よりずっと経験豊富な阿久津なら、もしかしてあの事件のことについて何か知っているかもしれないという仄《ほの》かな期待も生まれる。

亜寿沙はあの事件のことを思い出して沈みそうになった気持ちを無理やりあげるために、口角をあげて努めて元気に言った。

「なんてのは表向きの理由です。本当は昔から抱えてる後悔のせいなんです」

「後悔？」

突然亜寿沙の口から出てきた「後悔」という単語に阿久津は怪訝《けげん》そうな視線を向けてくる。

亜寿沙は小さくこくんと頷《うなず》くと、昔話を始めた。

かつて京都に住んでいたときに仲良くしていた親友の琴子の妹が行方不明になっていること。

当時遊んでいた公園では妹がいなくなる直前に不審者らしき人物が目撃されており、誘拐事件として捜査されていたこと。

しかし、他の子の目撃談と違い、亜寿沙だけはその不審者から香った化粧品らしき香りから不審者は女性だったのではないかと今も思っていること。

「いまは男性でもメイクする方はいますが、当時はまだ男性化粧品はそれほど一般的ではなかったですし。あの香りはどう考えても、女性ものの香りだと思うんです。でも、子どもだった私の言うことなんて誰も信じてくれなくて……結局、誘拐犯も見つからず、菜々子ちゃんは行方不明のままなんです」

琴子の家族はいまも、菜々子を捜すことを諦《あきら》めていない。週末になると繁華街でビラを配って目撃証言を募ったり、公共機関にビラを貼らせてもらったりして捜し続けている。

「私が警察を志望して刑事という仕事についたのも、京都府警を選んだのも、いつか菜々子ちゃんをみつけだしたいっていう気持ちがあったからなんです」

あのとき不審者は女性ではないかともっと強く主張していたら、もしかしたら周りの大人や当時の警察は犯人が女性であることも視野に入れて捜査していたんじゃないか。そうしたら菜々子はとっくにみつかっていたのではないか。

そう思う気持ちは今も強く心の中に刺さり続けている。

大人になって冷静に考えれば、たった一人の幼児の証言、それも他の証言とは異なる証言が大きく取り上げられて捜査を左右することなんて考えられないとは思う。でもだからといって、あのときの自分はもっと何かできたんじゃないかという気持ちを捨てられるわけではない。

阿久津は黙って亜寿沙の話を聞いていた。

この話を誰かにするのは初めてだった。

彼に話してしまって幾分胸の内がすっきりとした気持ちになったことで、亜寿沙の足取りは少し軽くなる。

ずっと抱え続けていた荷物を、少し持ってもらえたようなそんな心地だった。

阿久津は最後に「そうか……」と言ったっきり黙々と歩いていたが、住宅街の角をまがったところでようやく口を開いた。

「たぶん、その時の捜査情報は今も所轄署の書庫に保管されているはずだ。今度、取り寄せてやるよ」

突然の申し出に、亜寿沙は目をぱちくりさせる。

「ほんとですか⁉」

「ああ。二十一年前とはいえ、そういう未解決事件に関係する証拠や書類は取ってあるはずだ。それに岩槻だってもう京都府警の刑事なんだし、資料を見たところで問題ないだろう」

「あ、ありがとうございますっ」

思わず亜寿沙は足をとめて、勢いよく阿久津に頭を下げた。

顔が熱くなるのがわかる。ふつふつと湧き上がる興奮を抑えられない。

当時の捜査資料が手に入れば、事件の全貌《ぜんぼう》が見える。子どもだった自分では知るよしもなかった事実も知ることができるかもしれない。

何か、菜々子発見に繋《つな》がる手がかりをみつけられるかもしれない。

そんな亜寿沙の様子を見て阿久津は足を止めると小さくフッと笑みをこぼした。再び彼が歩き出したので亜寿沙も遅れないようについていく。

「そんな礼を言われるほどのことじゃない。いつも風見のツテとかを使ってあちこちの署から資料を集めてるからな。そのついでってだけだよ」

「阿久津さん、いつもたくさんの捜査資料を調べてらっしゃいますよね。やっぱり、その……『鬼』の情報を調べてるんですか？」

まだ気分の高揚がおさまらず、亜寿沙はいつもより早口で尋ねる。

阿久津が憑《つ》かれたという『鬼』という存在をまだ信じ切れているわけではないが、柳川篤志に襲われたときに軽々と彼を足一本で地面に押さえつけていたことや、流血するほどの傷を負ったにもかかわらず数時間後には傷が塞《ふさ》がっていたことなど、常識では説明できない彼の姿を見るにつけ亜寿沙の中の常識というものも揺らいでいた。

阿久津は相変わらずののんびりとした口調で答える。

「それもあるけど、こういう体質になって怪異の存在を知るようになってから、そういうものがいるという前提で事件を見直すと事件の裏に怪異の影を感じる案件が案外多くてな。通常の捜査で解決できるならそれに越したことはないが、通常の捜査では解決できなかった未解決事件の中にはそういうアプローチで解決をみるものもあるから、それもあっていろんな資料を調べているんだ。一人でそんなことばかりしてたら、いつの間にか一人係にされてて、さらに気がついたら部下までできてしまって……なんていうか振り回してしまって申し訳ない」

苦笑する阿久津に、亜寿沙はブンブンと手を振る。

「そ、そんなことないです。それはたしかに、はじめは驚きもしましたし戸惑いもしましたけど……いまは、その、これも貴重な経験ができる良い機会かもって思っています」

実際、阿久津はそうやって通常の捜査では解決をみなかった未解決事件をいくつも解決してきているのだ。その実績が認められて、特異捜査係という係までつくられることになった。

現に、前回のゴミ収集車から手首がでてきた事件だって、怪異の助けがなければあんなに早く解決はできなかっただろう。

周りから気味悪がられて厄介払いされたといえばそれもそうなのだろうが、そんなことで彼を排斥できないくらいには実績をあげていることは確かなのだ。

大真面目に言う亜寿沙に、阿久津は吹き出すように笑った。

「俺に気をつかってそんなこと言わなくても、時機が来ればちゃんと他の係に移れるように上申書書いてやるから」

「ち、ちがいますって！　そんなつもりで言ったんじゃないですっ」

つい大きな声を出してしまった亜寿沙に、阿久津が「しっ」と指を口元にあてる。はっとして、亜寿沙は思わず口を手で覆った。

「……すみません」

謝る亜寿沙。そのとき、ごうと風が鳴った。

初夏の熱を帯びた生ぬるい風が二人にふきつける。

阿久津はふいに空を見上げた。

亜寿沙も釣られて上を見る。ぽつぽつと星が輝く真っ黒な空が広がっていた。

このあたりは住宅街が広がる地域。もう少し北に行けば京都の奥座敷といわれる貴《き》船《ぶね》や鞍馬《くらま》といった山間部が広がる静かな一帯だ。

京都駅や河原町あたりの繁華街に比べて、いくぶん星がよく見える気がする。

「京都は面白いよ。あちこちに怪異にまつわる話が転がっていて、飽きることがない。このあたりだと、深泥池《みどろがいけ》の話が有名だな」

「ミドロガ池、ですか？」

「ああ。深い泥の池と書いてミドロガイケと読む。ここからさらに北に行ったところにある池なんだけどさ。昔からタクシー運転手の間で有名な怪談話があるんだ」

風に吹かれてバサバサと木々が葉を鳴らす。

こんな蒸し暑い日は、風が吹いてもちっとも涼しくなんかならない。

余計身体がべたつくような気持ち悪さがあった。

怪談でも聞けば少しは涼しくなるかと思って、亜寿沙は阿久津の話に静かに耳を傾けた。

「似たような怪談は全国にあるが、深泥池はその発祥の地だと言われているんだ。昭和四十四年のある日の深夜。強い雨が降りしきる中、京都市内を回していたタクシー運転手が京大病院前で一人の中年女性をのせた。その女性は傘もささず京大病院前の道路で静かに手を挙げて立っていたんだそうだ。運転手が行き先を尋ねると、女性は『深泥池まで』と一言告げた」

運転手は言われた通りにタクシーを深泥池のある北に向ける。

女性は行き先を告げた以外は何もしゃべらず、ただ俯《うつむ》きがちに後部座席に座っていた。

運転手はその様子にわずかな違和感と、仄《ほの》かな薄気味悪さを感じたという。

しかし、仕事は仕事。ときおりちらっとルームミラーで彼女のことを見つつも、視界の悪い雨の中での夜間運転に気を抜くわけにはいかなかった。

ようやく深泥池の近くまでたどり着いて、女性にどのあたりで降ろせばいいか聞こうとルームミラーを見た運転手は腰を抜かさんばかりに驚いた。

女性の姿が、消えていたのだ。

走行中のタクシーの中。勝手にドアを開けて降りようものなら、運転手が気付かないはずがない。

それなのに、まるではじめからそこに誰もいなかったかのように忽然《こつぜん》と姿を消していた。

唯一、彼女が座っていたシートが、ぐっしょりと濡れていたそうだ。

「それで驚いた運転手は、そのまま近くの交番に駆け込んだんだ。乗客が突然いなくなったって言ってね。当時の警察は行方不明事件として乗客の捜索をしたらしい」

「……消えた人を、捜索したんですか？」

「一応、無賃乗車だからね。しかし女性客はみつからなかった。それどころか、警察の捜査でさらに面白いことがわかったんだ」

「面白いこと？」

食いついた亜寿沙に、阿久津はにやりと口端をあげて続ける。

「その日の昼間、京大病院で、消えた女性客とよく似た背格好で同じくらいの年頃の女性が亡くなった事実がわかったんだ。しかもその女性の自宅があるのが深泥池の近くだった」

「ひえっ……」

思わず喉《のど》の奥から変な声が出た。

さっきまであんなにべたついて蒸し暑かったのに、背筋がすっと寒くなる気がした。

「それって本当のことなんですか？」

「ああ。当時の新聞にも載っている。ただ捜査記録はさすがにそんな昔のものはもう残ってなかったけどな」

さらっと阿久津は付け加える。ということは捜査記録を京都府警管内で探してみたことがあるのだろう。

「新聞の記事として載っただけなら、信憑性《しんぴょうせい》はあまりないかもしれませんね」

亜寿沙は鳥肌が浮いた腕をさすりながら、強気に言う。

昼間、警察署内などでこの話を聞いたならばよくある怪談話だなと笑ってやりすごせただろう。しかし、いまは深夜で、しかも怪談の現場は自分がいまいる場所にほど近く、そして彼の淡々とした語り口はかえって真実性が増すように思えて怖くなってしまったのだ。

「そうだな。当時の新聞記者が、人気取りのために捏造《ねつぞう》したものだった可能性もすてきれない。だが、少ししてな。同じような経験をしたタクシー運転手が他にも何人もいるという噂がささやかれ始めたんだ。消えた客はどの話でも『深泥池』へ行ってくれと言っていたそうだ。それで、夜間に深泥池方面に行くのを拒むタクシー運転手もできたって話だからな。やがて、細部は変化しながらも類似の体験談は全国で聞かれるようになった。最近は、深泥池から女性がタクシーに乗って目的地についたら消えてたっていう逆バージョンもあるらしい」

「都市伝説化したわけですね」

「そうだな。というわけで、深泥池は有名な『タクシー運転手の怪』ってやつの由緒ある発祥地なんだ」

どことなく誇らしげに言う阿久津だったが、亜寿沙は内心、そんな怪談の出元になってしまって近隣住民は困っただろうなと思うのだった。

いや、阿久津だったら自分の家の近くで怪談の目撃例があったとしても喜んで調査に乗り出すんだろうな。

「フフッ」

周りの人たちが薄気味わるがっているのに、一人楽しそうに調査している阿久津の姿を想像してしまって、つい口元から小さな笑いが零《こぼ》れる。

おかげでさっきまで怖くてうすら寒くなっていた身体に、蒸し暑さが戻ってきた。

「ん？」

阿久津はきょとんと不思議そうにしていたが、本人に言うわけにもいかないので亜寿沙は顔をひきしめて話題を逸《そ》らした。

「さぁ、もう一区画まわっちゃいましょう。そこを抜けた先にコンビニがあるらしいのでちょっと休憩してもいいかもしれないですね」

「あ、ああ。そうだな」

その晩、朝まで夜回りしたものの侵入窃盗犯が現れることはなかった。


夜回りから三日後。

亜寿沙のデスクの上に、阿久津がドンと一冊の厚いファイルを置いた。

プラスチック製のパイプファイルではなく、黒紐《くろひも》で綴《と》じられた紙表紙の年季を感じさせるファイルである。置かれた拍子に、ファイルの中へ閉じ込められていた埃《ほこり》がふわりと舞い上がった。

「これって……」

これは何かと問う前に、亜寿沙はその表紙に書かれた油性ペンの文字を読んでそれが何のファイルなのかを理解し、息を呑《の》んだ。

表紙には『山下菜々子ちゃん行方不明事件』と書かれている。

「所轄署の書庫に置かれていた。誘拐だと断定されていれば警察本部の特命捜査係がいまも担当してたかもしれないが、当時の状況を見るに事件とも事故とも判断できないまま捜査を打ち切られて書庫に入れっぱなしになってたようだ」

亜寿沙は阿久津に礼を言うことも忘れて、ファイルに目が釘付《くぎづ》けになる。

開こうと伸ばした手が、わずかに震えていた。

それでも意を決してファイルを開くと、書かれた文章一つ一つを念入りに読み込みはじめる。

亜寿沙の心は、あの日のあの公園に戻っていた。

初動捜査はやはり幼い亜寿沙が案じたとおり、『ネズミ色のコートの男』を不審者として捜すことにほとんどが費やされていた。

多くの捜査員が投入されて『ネズミ色のコートの男』を捜したようだが、公園の外でそんな男を見たという証言はほとんど集まっていなかった。

唯一信憑性がありそうだと思われたのは、公園から二十メートルほど離れた路上に車を止めて休憩していたというビジネスマンの証言で、ネズミ色のコートを着た男が小さな子どもを自転車の後ろに乗せて車の横を走り去ったのを見た、というものくらいだろうか。

自転車は大通りの方へと走って行ったというが、そこからこのネズミ色のコートを着た男の目撃証言はぷつりと途絶えてしまう。

いや、情報提供のビラを見たという市民から、幼児を連れた似たような服装の男を見たという証言はいくつかあがってきてはいたが、場所も烏丸《からすま》駅だったり、平安《へいあん》神宮の近くだったり、東寺《とうじ》の近くだったりとバラバラだった。

それに季節は秋。ネズミ色のコートを着た男性なんて京都市内に数えきれないほどいただろうし、平日の昼間に幼児を連れていたからといってすぐにそれが誘拐犯だと断定できるものではない。

結局、公園から先の行方はつかめないまま次第に捜査を担当する人員は減少していき、最後には書庫の奥にひっそりとファイルが仕舞われてこの事件は警察内部でも忘れ去られてしまっていたのだ。

（やっぱり思ったとおりの初動捜査だったわね。でももし、捜査対象を『男』に限定しなければ……）

亜寿沙はきゅっと下唇を噛《か》む。もし菜々子を攫《さら》ったのが本当に『男』だったとしたら、この捜査方針でももっと情報が集まっていたんじゃないだろうか。

しかしこれっぽっちの情報しか集まらなかったということは、やっぱり攫ったのは『男』ではなかったのではないか。

この捜査のやり方では、もし菜々子を連れた人間を見かけた人がいたとしても、連れていたのが『女』だったら見逃されてしまっていることだろう。

そう思うと、悔しくてならなかった。

でももしかしたら、このファイルの中に犯人につながる情報が隠れているかもしれない。どんな些細《ささい》な情報でも見つけてやる。そして、事件の真相を暴き出してやる。

そう決意を新たにしてもう一度ファイルをはじめから見直そうとしたところで、突然ぽんと肩を叩《たた》かれた。

見上げると、申し訳なさそうにこちらを見下ろす阿久津と目が合う。

「今日はもうそれくらいにしたらどうだ？」

阿久津はすっと手を伸ばすと、壁の時計を指さした。

「あ、あれ？」

ファイルを受け取ったのは午前中の早い時間だったはずなのに、時計の針は、もう午後六時を回っている。

亜寿沙はあれからずっと食事も休憩も取らず、ファイルを読みふけっていたことになる。

「あんまり根詰めると倒れるぞ？」

「……はい。それはわかっています。でも、今日はもう少し残っていこうかと思うんですが」

残業していきたいと申し出る亜寿沙に、阿久津はゆるゆると首を横に振った。

「悪いけど、今日は予定があっただろ？」

「予定？」

そう言われて、亜寿沙はようやく思い出した。

「あ！　今日ってもしかして、風見管理官と食事に行く日でしたっけ……!?」

一週間ほど前に、以前話していた店へ亜寿沙と阿久津の三人で食事に行こうとお誘いのメールが風見から来ていたのだ。

そのこと自体は覚えていたのだが、それが今日だということをすっかり忘れていた。いや、今朝までは覚えていたのだ。しかし、このファイルを目にしたときからすっかり記憶から飛んでしまっていた。

心残りはあるが亜寿沙はファイルをパタンと閉じる。

まだもう少しファイルを調べたかったが、管理官からの誘いを断るなんてことはできなかった。


阿久津に連れられて行ったのは、河原町駅から東へと向かい、鴨川を渡す四条《しじょう》大橋の手前にある細い通りだった。

亜寿沙も話には聞いたことはあったが実際に訪れたのは初めてのこと。

四条通のざわざわした音が、この通りに入った途端、わずかに遠のいたような気がした。

車が通れないほどの狭い石畳が敷かれた路地の両側には、和風の二階家が並んでいる。その多くが小料理屋などの飲食店で、一軒一軒の軒下には屋号を記した提灯《ちょうちん》が明かりを灯《とも》していた。

まるで、一瞬にして違う時代に迷い込んでしまったように感じるほど統一された和の空間。

ここが、いわゆる先斗町と呼ばれる界隈《かいわい》だった。

阿久津はあらかじめ調べて店の場所を知っているようで、スマホの地図アプリを見ながらどんどん歩いていく。

亜寿沙は阿久津のあとについて歩きながらも、ついきょろきょろと視線を巡らせた。

突然阿久津が、

「ああ、ここだ」

といって足を止めたので、思わずつんのめってしまった。

「あっ」

勢いを殺せずに阿久津の背中に軽く鼻づらがぶつかってしまったが、阿久津は気にした様子もなく店へと入っていく。

店の看板には『たいたん』と書いてあった。

「たいたん……？」

中に入ると、「おいでやす」と桃色の上品な和服姿の女性店員が明るい声で迎えてくれた。髪を後ろでお団子にして、赤漆の髪留めで留めている。亜寿沙より少し年上くらいで上品な色気のある女性だ。

阿久津が彼女に風見の名前で予約していることを告げると、

「お連れさんは上で待ってはりますよ。いま、ご案内しますね」

てきぱきとした動作で先導してくれる。

先斗町の通りに面した間口はさほど広くなかったので小さなお店かと思いきや、奥に長くて想像以上に広い。京町家《まちや》を改造してお店にしているようで、一階にはテーブル席が並んでいた。

階段下のスペースにタンスのような引き出しが並ぶ箱階段をのぼっていくと、二階の廊下に面した障子はすべて閉じられており、中から賑《にぎ》やかな酒宴の声が漏れてくる。

亜寿沙たちは一番奥の座敷へと案内された。

「お連れさんがいらっしゃいましたえ」

和服の店員は障子の前に膝《ひざ》をつくと、すっと障子を開ける。

障子の向こうは六畳ほどの個室になっており、真ん中は一枚板で作られたとおぼしき大きな座卓が置かれていた。

その座卓の端では、先に到着していた風見管理官がお通しを肴《さかな》にガラスのおちょこに注がれた冷酒を楽しんでいた。

亜寿沙たちに目を留めると、にこっと爽《さわ》やかな笑みで迎えてくれる。

これは冷酒のCMか何かなのだろうかと思うほど、さまになっている。この人は何をやっても絵になるようだ。

「やぁ、遅かったね。なかなか来ないから、一人でできあがっちゃうとこだったよ」

「お前はどんだけ飲んだところで、変わらないだろ」

阿久津はすげなく言うと風見の向かいに腰を下ろす。亜寿沙はどこの席に座るべきか一瞬迷ったが、とりあえず阿久津の横に座った。腰を下ろしてみると、座卓の下は掘りごたつのようになっていて足が下ろせるので座りやすい。

顔を上げると、風見の後ろにある大きな窓から鴨川の景色が一望できた。川面《かわも》は夜の暗さを映して黒く見えるが、そこにキラキラと街の光が反射していた。

亜寿沙が窓の外の景色に見とれていると、風見がおちょこ片手にニッと笑う。

「いい景色だろ？　この店ではこの部屋しか川は見えないからさ、絶対ここを予約したかったんだ。無事に取れてよかったよ。もちろん、料理もおいしいんだよ」

「たいたんって、確か『おばんざい』の一種だよな。煮物とかを言うんだっけ？」

早速メニューをめくりながら阿久津が言う。横から覗《のぞ》き込むと、可愛らしい小鉢の写真がたくさん並んでいた。

「そう。ここは『おばんざい』っていう京都の家庭料理が売りの店なんだ。どれ食べても美味しいから好きなの頼むといいよ」

「ってことは、風見管理官のおごりってことでいいんだよな?」

風見管理官と阿久津係長。職場では上司と部下の二人だが、いまは互いに敬語もな

くぽんぽんと言葉が行きかう。いつもエリート然としている風見も、今日はいつにな

くくつろいだ様子に見えるし、阿久津も風見に対して遠慮がない。

きっとこれが、大学時代からの知りあいだという彼らの元々の距離感なのだろう。

そんな二人の様子を間近で見られるのはなんだか嬉しい。

「岩槻さんはもちろんおごり。今日は、この前の事件のささやかな打ち上げのつもり

でもあるんだ。聖司は自分で払えよ」

「はいはい」

聖司とは、阿久津のことらしい。普段フルネームを気にすることがないので下の名

前をすっかり忘れていたが、職場の名簿にそんな名前が書いてあったのを亜寿沙はぼ

んやりと思い出した。

亜寿沙は柚子のモヒート、阿久津はウーロン茶を注文する。

二人の前にもお通しと飲み物が届いたところで、阿久津が先ほどの風見の言葉を繰

り返した。

「この前の事件っていうと、例の手首事件のやつか」

「そう。あの事件を解決に導けたのは二人のおかげだからさ。というわけで、乾杯！」

グラスを合わせていると、料理も次々と運ばれてきた。

賀茂《かも》なすという京都独自の丸っこいなすに甘い味噌《みそ》を塗って焼いた賀茂なす田楽《でんがく》や、万願寺《まんがんじ》とうがらしとピーマンのジャコ炒《いた》め、お豆腐とお揚げの炊《たい》いた物などなど。

京都の素材を使った家庭料理がどんどん出てくる。

特に店名にもなっている「たいたん」、つまり煮物料理はどれもほっこりと優しく懐かしい味がしてどんどん箸《はし》がすすんだ。

それに京都の夏の定番といえば、鱧《はも》。湯引きしたものに酢味噌《すみそ》をあえて食べれば、爽やかなうま味が口に広がる。

阿久津は特にカツオのたたきなどの刺身が好きなようでパクパク食べていた。

亜寿沙は料理に夢中になりつつも、阿久津と風見の二人の会話に耳を傾けることも忘れなかった。

仕事の話もしていたがほとんどがたわいもない会話で、風見が「僕は聖司のことを名前で呼ぶのに、聖司は僕のことを誠一って呼んでくれない」と拗《す》ねたように言えば、阿久津が「風見の方が一音少なくて呼びやすいからな」とすげなく返したりしていた。

阿久津の方も風見に「お前、普段ちゃんと飯食ってるか？　ナスはカリウムを豊富に含んでるから夏バテにもいいぞ」なんていろいろ健康に良さそうなものを食べさせようとするのを、風見は「お前は僕の母親か」と言いつつ阿久津に勧められたものは何でも食べていた。

二人は上司だし年上なのだが、仲の良い男の人たちがわちゃわちゃ雑談しているのを見るのは何とも良いものだ。

この店に来る前は管理官の風見と食事だなんて不安と緊張で胃に穴が開きそうだったけど、店を出たときは楽しかった美味しかったという満足感でいっぱいだった。

「ごちそうさまでした」

店を出たあと、おごってくれた風見に頭を下げると彼はにこりと優しげな笑みで応《こた》える。

「いいや、こちらこそ。久しぶりに楽しい食事ができて嬉しかったよ」

そして、三人で先斗町通を南へ下ると四条通にでたところで別れることになった。

阿久津は京阪《けいはん》線で帰るため四条大橋を渡るが、亜寿沙と風見は阪急《はんきゅう》線なのでそのまま地下鉄の出入口から下りれば河原町駅へと出られるからだ。

「今日はありがとうございました」

亜寿沙がお辞儀をすると、阿久津は「ああ。また明日《あした》な」と片手をあげてから四条大橋の方へと歩いていく。

その後ろ姿をしばらく見送り、

「じゃあ、僕たちも行こうか」

「はい」

亜寿沙と風見も『四条河原町駅』と書かれた地下鉄の出入口から階段を下りていった。こつんこつんと、二人の足音が狭い通路に響く。

地下からはひんやりとした風がそよそよと吹いてきて、お酒が入って火照った頰を気持ちよく冷やしてくれた。

階段を下まで下り切って改札口へと続く通路を歩いていると、しばらく黙って隣を歩いていた風見がぽつりとつぶやくように言った。

「僕はさ。ずっとあいつに敵《かな》わなかったんだよね」

あいつって誰だろう？　一瞬考えたものの、すぐにそれが阿久津をさすのだと亜寿沙にもわかった。

風見は独り言でも言うようにぽつぽつと話し続ける。

「大学でもいつも僕より成績が良かったし、警察庁から内定をもらったのもあいつの方がずっと早かった。警察庁に入ってからも、あいつの方が周りからの評価は高かったし、ずっと敵わなくてさ。でもいつかあいつを追い越してやろうって思ってたんだ」

いまの二人の立場の差を考えれば、阿久津が風見より優位にたつことがあったなんてちょっと想像できない。かつてはいまとは逆の立場だったなんて亜寿沙は内心驚いたが、言葉にはせずただ風見の話を聞いていた。下手に彼の言葉を遮ってしまうと、もう二度と聞けない話のような気がしていたから。

「それなのにあいつは相談もなく突然降格しやがって、それ以来、随分変わってしまったよ。そういや食い物の好みも変わったな。昔は、生ものは苦手だったのにさ」

阿久津が先ほど刺身をよく食べていたことを亜寿沙も思い出した。以前、夜の見回り前に一緒にファミレスに行ったときも、中がかなり赤いレアのステーキを食べていたように思う。

「それでも中身は昔とあんまり変わってないように感じることも多いんだけどさ。ただ、いまは周りに敵を多くつくりがちだ。理解されづらいのもわかるけど、でも……」

風見は亜寿沙に視線を落とすと、小さく微笑む。それはいつも自信に満ち溢《あふ》れた管理官からは考えられないほど、弱くて哀しそうな笑みだった。

「岩槻さん。あいつは何か他人には言えないものを抱えているんじゃないかって、思うんだ。それが何かわからないけど、一緒に行動することの多い岩槻さんなら気づくこともあるかもしれない。もしあいつが困ったことになっていたら、力になってやってもらえないかな。もちろん、僕もいつでも力になるよ。何かあればすぐ相談してくれて構わない。ただ、僕の立場では目の届かないこともあるから」

なんて答えていいのか、咄嗟《とっさ》には言葉が出ない。

まかせてください。なんて言えるほど、亜寿沙はまだ阿久津のことも風見のこともあまり知らない。ただ一つわかったことは、阿久津は『鬼に憑《つ》かれた』という話を風見にはしていないということだ。

なぜ付き合いの長い風見には話さず、一緒に働きだしたばかりの亜寿沙に話してくれたのかはわからない。

でも、知らなければ余計不安が募る気持ちはわかる。

亜寿沙は小さく頷《うなず》いた。

「力になれるかわかりませんが、できる限りやってみます」

「ありがとう」

そう言った風見の顔には、ほっとしたような表情が浮かんでいた。

＊　＊　＊

一方、そのころ。

阿久津は祇園四条駅のトイレにいた。

手洗い場の蛇口を思いきりひねって、じゃばじゃばと流れ出す水で顔を洗う。

ハンカチで顔のしずくを拭《ぬぐ》うと、目の前の鏡を見た。

そこには、自分の顔がうつっている。

いつもと変わらない、自分の顔。

しかし、それは本当に自分なのだろうか。

昔と同じ、自分自身なんだろうか。

ふいに鏡の中の自分が嗤《わら》った。

笑ったつもりはなかったのに、鏡の中の自分が自分を見て嗤っている。

その嗤い顔は、かつて留置場で自殺した田所と同じ顔に見えた。

「くそっ」

咄嗟に、阿久津は鏡を拳《こぶし》で殴った。

壁にしっかりと固定された鏡は割れることはなかったが、阿久津の拳は打ったところが赤く痣《あざ》になり血が滲《にじ》む。

(俺も……いつかあんなになっちまうんだろうか……)

さっきも風見や亜寿沙との食事を楽しんでいるときですら、本来の自分の裏にもう一人の自分がいるようだった。料理を目の前にしても、食べていても、飢餓感がぬぐえない。

そのもう一人の自分が、ずっと頭の中に囁《ささや》き続けるのだ。

ニクガクイタイ……チノシタタルヨウナ、ニクガ……

アソコニモ、ココニモ、ニクガアフレテル……

イキノイイ、ヒトノニク……

コロセ……コロシテシマエ……コロシテクッテシマエ……


阿久津は邪《よこしま》な考えを振り払うように頭を大きく振ると、トイレを後にした。

＊　＊　＊

数日後。再び、住宅街の警らの当番が回ってきた。

とはいえ侵入窃盗は、傷害事件を起こして以降ぱったりと姿を見せなくなっている。もう警らをやめてもいいんじゃないかという声も刑事部の内部からちらほら聞こえ始めていたが、当番が回ってくれば行かざるをえない。

というわけで、亜寿沙は今日も阿久津とともに深夜の住宅街の見回りにやってきていた。

職場でルートの下調べはしてきたが、現地でももう一度スマホの地図アプリを見ながら二人で確認してみる。

「まずはこの道からだな。そのあとこっちに抜けてここを通ってと。だいたい頭に入ったか？　そういや、明日《あした》からまた雨だってさ」

薄曇りの夜空を見上げながら、阿久津がうんざりとした口調で言う。

まだ梅雨が明けたわけではないので、晴れた日に当番が当たったのは運がいい。

「早く梅雨が明けるといいですよね。じめじめして洗濯物もなかなか乾かなくて」

嗅覚《きゅうかく》が敏感な亜寿沙にとっては、バスや電車の中によく充満している柔軟剤や香水の匂いに加えて生乾きの臭いが混ざるこの季節は苦手だった。

（そういえば、匂いといえば……）

この前、風見管理官も交えて食事をしたときのことをふいに思い出す。

あの日、亜寿沙は店に入る直前、阿久津の背中に軽く鼻をぶつけてしまった。

そのとき、不思議に思ったことがあったのだ。あのときは阿久津が店の中に入ってしまったので亜寿沙自身もすぐに忘れてしまったのだが、そのときのことがふと頭をよぎる。

（あのとき、阿久津さんの服からは何も匂いがしなかった）

考えてみれば、警察本部に配属された初日に柔軟剤の香りを指摘して以来、阿久津の服から強い香りを感じたことがなかった。

もしかして、嗅覚過敏の亜寿沙に気を遣って無香料の洗剤類に変えたのだろうか。

クリーニングに出すと独特な香りがつくものだが、それも感じない。ビニールをとって数日陰干しするなどしないとそうはならないものだ。

ついじっと阿久津のことを見ながらそんなことを考えていたら、こちらの視線に気づいた阿久津がびくっと驚いた顔をした。

「どうした？　俺また、なんか変なこと言ってた？」

「言ってません。別に睨《にら》んでないですから。目力が強いだけです。ところで、阿久津さん、もうあの柔軟剤は使わなくなったんですね。洗剤とかシャンプーも無香料のものに変えました？」

「あ、ああ。初日のだろ？　あれはもともと俺が持ってたやつじゃないし。それにまぁ他のものも、香りがついてなくても俺は困らないしね」

そう言って、阿久津はさらっと笑う。

なんでもないことのように言うが、普段から自分が使い慣れているものを変えるのはそう簡単にできることではない。

嗅覚過敏な部下のために頼まれたわけでもないのにそこまでしてくれることに、亜寿沙はなんだか面はゆい気持ちになった。

こんな上司、いままでいなかったからどう反応していいのか戸惑ってしまう。

手に持ったスマホの地図アプリに視線を落として、どう反応すればいいんだろうと数秒考えてから、そうだ、ここはまずは礼を言うべきだと思いいたって顔を上げたときのことだった。

絹を切り裂くような女性の声が聞こえた。

亜寿沙と阿久津は同時に声がした方に視線を向ける。

「……いまのは」

「女性の声だな」

そう言うやいなや、阿久津は走り出す。

亜寿沙も慌てて阿久津の後を追った。

しかし、あっという間に阿久津との距離は開いていく。

(速っ……！)

亜寿沙だって中高と陸上をやっていて足の速さには自信があった。警察学校の男性同期にだってここまで引き離されたことはなかったのに、阿久津の速さにはまったく敵《かな》わない。

彼が曲がった角を記憶しておくのが精いっぱいだった。

息を弾ませながらなんとかその角を曲がってみると、一瞬だけ阿久津の小さな背中を目の端にとらえた。すぐ見えなくなったのは、おそらくどこかの家に入っていったからだろう。

肩で息をしながら阿久津が消えた地点までたどり着くと、すぐ先にある大きな一軒家の方から何やらバタバタと物音がする。

「ごめんください」

半開きになっていた門から中へ入ると、もう深夜一時を回っているというのに庭に面した部屋から煌々《こうこう》と明かりが漏れていた。

窓は半開きになっており、サッシ中央部に『三角割り』と呼ばれる手口でガラスの一部が割られているのがわかる。外部からの侵入があったことは明らかだ。

窓の下には乱暴に脱ぎ捨てられた革靴が一足。阿久津の履いていたものだった。

「失礼しますっ」

一言断ってからさっと窓を開けると、そこは和室の客間のようだった。

目に飛び込んできた現場の様子に、亜寿沙は一瞬固まる。

住人とおぼしきパジャマ姿の白髪の女性が呆然《ぼうぜん》とした表情で床にへたりこんでいる。部屋の奥では茶髪の若い男性があおむけに倒れており、その上に乗るようにして阿久津が押さえこんでいた。そばには出刃包丁が落ちている。

外部から侵入した若者が住人の老婆を襲おうとしたところを阿久津が押さえこんだのだとすぐに理解した。

しかし、様子がおかしい。

茶髪の若者はすでに抵抗の意思をなくしているのに、阿久津はなおも若者の首に手を当てて力を込めているように見えた。

(あれでは死んでしまう……!)

咄嗟《とっさ》に亜寿沙はパンプスを脱ぎ捨てると、畳にあがって阿久津に駆け寄った。

「阿久津さん！　やめてください！　それ以上やると死んでしまいます！」

亜寿沙は必死に声をあげるが、阿久津はただ若者を凝視したまま亜寿沙に気付いてすらいないようだ。

若者の額には青筋が浮かび始めている。これは本当にまずい。

「阿久津さんっ!!」

亜寿沙は若者の首から阿久津の手を引きはがそうとするが、阿久津はものすごい力でしめつづけていて指一本離せない。

まるで何かに取り憑《つ》かれたかのような阿久津の様子に一瞬ひるむものの、亜寿沙は自分の恐怖感を振るい落とすようにさらに声をあげた。

「阿久津さんっ、やめてください!!」

思わず阿久津の頬を力いっぱいひっぱたいていた。

バチンという大きな音が室内に響く。

「……え？」

数秒遅れて、阿久津が小さく声を漏らした。初めてそこにいることに気付いたかのような目で亜寿沙を見たあと、自分が何を握っていたのか初めて知ったとでもいうような驚いた様子で若者の首から手を離した。

すぐに亜寿沙は阿久津を押しのけて、若者の生死を確認する。

若者はすぐにむせるように咳《せき》をしだした。

（よかった。生きてる）

ほっと息を吐きだし、亜寿沙は阿久津に確認する。

「この人、侵入強盗の現行犯っていうことでいいんですよね？」

阿久津はまだ呆然としたままだったが、亜寿沙がもう一度「阿久津さん！　しっかりしてください！」と叫ぶと、阿久津はこくりと頷《うなず》いた。

「あ、ああ。そこのご婦人に襲い掛かろうとしていた」

それで阿久津はその若者を拘束しようとしたらしい。しかし、さっきのはいくらなんでもやりすぎだ。

亜寿沙は現行犯逮捕を告げて若者に手錠をかけると、スマホで応援を呼んだ。

その間、阿久津はずっと心ここにあらずといった様子で畳に座り込んでいた。

「……阿久津さん。一体、どうしたんですか？」

阿久津の傍へ行ってしゃがみこむ。顔をのぞくと、いつになく青白く感じられた。

「……わからない。急に、自分がわからなくなった。止められなかった。君の声が聞こえてくるまで」

弱い声で答える阿久津。

遠くからファンファンファンファンというパトカーのサイレンの音が聞こえてきた。応援が来たようだ。これで侵入窃盗事件も解決だろう。しかし、亜寿沙の心の中には底知れぬ不安が芽生え始めていた。

＊　＊　＊

逮捕された侵入窃盗犯は、秋草大介《あきくさだいすけ》という二十四歳の若い男性だった。

彼は大阪に住んでいたが、かつて三年ほど京都で宅配やフードデリバリーの仕事をしていたため京都北部の住宅街に土地勘があったのだという。

盗《と》ったものは伝手《つて》をつかって売りさばいていたというが、一点もののアクセサリーやシリアルナンバーが入った高級腕時計などは足が付きやすいと考えて捨てていた。

その捨てた場所というのが、深泥池だった。

深泥池といえばタクシー運転手の怪談で有名なことは、オカルトマニアの猿渡もよく知っている。

猿渡も以前、もしかして心霊写真の一枚でも撮れるんじゃないか、ひょっとしたら幽霊にあえるかも？　なんて期待して夜更けに一人で深泥池へ行ったことがあった。

しかし、夜の池は想像以上に暗くて不気味だったうえ、懐中電灯の明かりだけではでこぼこと入り組んだ岸と池の境目もよく見えず、うっかり足を踏み外して池に落ちそうになったため数枚写真を撮っただけですぐに帰ってきてしまった。

だけど、そんな暗さと不気味さは、泥棒にとってはかえって都合がよかったようだ。

深泥池は一見それほど深そうには見えないが、深い泥の池と書く名前の通り何層にも泥が沈殿しているため、物を沈めれば泥の中深くに潜り込んで簡単にはみつからない。

それで、秋草は戦利品のうち売れない貴金属類を真夜中に池へ投げ入れていたのだ。

秋草が深泥池に盗んだものを捨てたと白状したからには、警察は捜索しなければならない。

というわけで、大規模な捜索隊が結成され、深泥池の捜索が開始された。

警察本部からも若手の男性刑事や鑑識官が捜索隊に加わった。

猿渡も鑑識官として捜索隊の一員に選ばれたが、周りが億劫《おっくう》そうにぶつくさ言いながら駆り出されていったのに対して、内心とてもわくわくしていた。

まさか真昼間にこの大人数で押しかけて幽霊がでてきてくれるとは思えないけれど、

オカルトスポットに行くと思うだけで心が浮き立ってしまうのだ。

現地では数艘のボートを出して水上から捜索する班、池の周りを捜索する班、そして水の中に潜って捜索するダイバー班と大きく三つに分かれて捜索が開始された。

秋草の証言通り、岸から数メートルほどの範囲から泥まみれになった貴金属類がいくつもみつかった。しかし岸から数メートルといっても、深泥池は周囲の長さが一・五キロメートルもある。

秋草が貴金属を投げ込んだと言っている地点だけでも何か所もあったため、捜索範囲は広くて一日では到底終わりそうになかった。

猿渡はボートの上から長い棒で泥の中をつついて固いものがないか捜す役を仰せつかっていたのだが、日差しを遮るもののないボートの上は長時間いるだけで消耗してくる。

はじめのころのオカルトスポットへのわくわくした気持ちももうとっくに消え失《う》せて、今は一刻も早く家に帰って冷たい缶ビールを飲みたいとそればかり思いながら棒で水中をつついていた。すると、少し離れたところに潜っていたダイバーが何か網のようなものを手に持ってこちらへ近づいてくる。

そのダイバーは口にくわえていたレギュレーターを外すと、左手でボートのふちにつかまって猿渡に声をかけてきた。

「あんた、鑑識の人だよね」

「あ、はいっ。そうっす」

「じゃあ、これちょっと見てほしいんだけど」

ダイバーは右手に摑《つか》んでいた網のようなものを引き上げて、ボートに載せた。

思いのほか小さな網。長い間泥水の中に浸《つ》かっていたからか黒く変色してはいたが、洗濯のときにつかう洗濯ネットだと見た瞬間すぐにわかった。

変色した洗濯ネットには枯草がたくさん絡みついていたが、猿渡の目はその網の中に入っているものに釘付《くぎづ》けになった。

大小さまざまな大きさの薄茶色をした棒のようなものが何本も入っていた。ハンドボールほどの大きさの丸い塊も見える。

猿渡はごくりと生唾《なまつば》を飲み込んだ。

泥にまみれているが、このざらりとした表面の質感には見覚えがあった。

両手でその網をつかむと、そっと持ち上げてみる。

中に入っていた丸い塊が、網の中でごろんと転がってこちらを向いた。

塊には、二つの大きな穴が開いている。いまは空洞でしかないその穴がうつろに猿渡を見つめていた。

それは間違いなく頭蓋骨《とうがいこつ》だった。それも人間の頭蓋骨だ。大人の頭蓋骨にしては小さい。まだ幼い子どものものと思われた。

猿渡は驚きのあまり、声が裏返りそうになりながら別のボートにのっていた機動鑑識第一係長を呼んだ。

「た、た、大変です、係長!!　人骨らしきものがみつかりました!!」

その一声で、疲れが滲《にじ》んでゆるみかけていた捜索員たちの空気は一変し、波打つように緊張が走る。

侵入窃盗の盗品捜しが、思いがけない事件へと繋がった瞬間だった。

＊　＊　＊

洗濯ネットにくるまれて深泥池の泥の中に深く沈められていた白骨遺体は、何らかの事件性が疑われたためすぐに司法解剖へまわされた。

その結果判明したのは、遺体の死亡推定年齢は三歳前後というものだった。

性別は女児で、遺体が池に沈められてから二十年ほどが経っているものと思われた。

死因は遺体が完全に白骨化してしまっているため特定は困難を極めているが、少なくとも頭蓋骨陥没などの骨の損傷は見られていない。

それらの報告を耳にして、亜寿沙は胃の中に砂をつめこまれたような重い気持ちになる。

年齢、性別、そして遺棄された時期。

どの特徴も、行方不明になっている菜々子とぴたりと一致する。

(菜々子ちゃん……ごめんなさい。私がもっと、大人たちを動かせていたら。もしかしたら、こんなことになる前に発見できたかもしれないのに……)

三歳なんていう幼さで死なせてしまい、今まで二十一年もの間、暗くて冷たい泥の中に埋まることになったのはすべて亜寿沙自身のせいに思えた。

(せめて、もっと菜々子ちゃんのことを気にかけていれば。私が遊びに夢中になっていなければ。あの小さな手をずっと握ってさえいたら……)

いままでも幾度となく頭に浮かんでいた後悔が、さらに強く亜寿沙の心を締め付ける。

「はぁ……」

もう何百回ついたかわからないため息が、亜寿沙の口から洩《も》れた。

仕事をしていても菜々子のことばかり考えてしまい、キーボードを打つ手が止まってしまう。

後悔と悲しみと絶望に押しつぶされそうだった。

こんな辛《つら》さ、菜々子を失った琴子やご両親に比べたらずっと軽いものにちがいない。

それでも、後悔はどんどん浮かんでくる。

思えば大学生の時に警察官への道を選んだのだって、菜々子のことが頭にあったからだった。

普通の日常、普通の幸せが、誰かの仕業で突然消えてしまうことがある。

その辛さを人一倍知っているからこそ、少しでもそれを防ぐ仕事につきたいと思ったのだ。

潤んだ目から雫《しずく》がこぼれそうになって、亜寿沙は何気ないふりをしてそっと指でぬぐい取った。

そのとき、コトンと音がしてデスクの傍らにコーヒー缶が置かれる。

視線をあげれば、缶を置いたのは阿久津だった。

泣いていたのを見られただろうか。恥ずかしさに、慌てて表情をきりっとしたものに戻すと何事もなかったように取り繕おうとしたが、その前に阿久津が口を開く。

「まだ、何も結果は出ちゃいない。刑事に『予測』は必要だが、『憶測』で動くのは刑事失格だ。そうだろう？」

亜寿沙の考えていたことはすっかり見透かされていたようだ。

しかし言葉の厳しさとは裏腹にその声音はとてもやさしくて、亜寿沙が取り繕おうとしていた殻は湧き上がった感情の波でもろくも崩れさる。

双眸《そうぼう》をくしゃりとゆがめて、涙が溜《た》まるままに亜寿沙は「……はいっ」と言うのが精いっぱいだった。

（そうだ。菜々子ちゃんの事件は、犯人が男だろうという『憶測』で捜査が進んだために行き詰まったんだ。私も同じ轍《てつ》を踏んじゃダメだ）

まずは冷静になろうと思って、阿久津がくれた缶コーヒーを手に取った。

「いただきます」

「どうぞ」

プルタブをあげて、こくりと缶を口元に傾けた。とろりとした甘さとほろ苦さがじんわりと口の中に広がって、ほうっと一息つく。幼児の白骨遺体がみつかったという報告を聞いてからはじめて、ちゃんと息が吸えたような気がした。


その後、京都府内だけでなく関西近県で三歳前後の女児の行方不明事件が洗い出され、その家族とのＤＮＡ検査が行われた。

もちろんその中には琴子とその両親も含まれる。彼女たちも生体サンプルを提出したのだが……。

結果は意外にも、当該白骨遺体と血縁関係が証明された家族は一組もいなかった。

つまり、深泥池に沈んでいた白骨遺体は菜々子の遺体ではなかったと正式に証明されたことになる。

　これには、亜寿沙も失望と安堵《あんど》がない交ぜになった複雑な思いで、がっくりときてしまった。ようやく見つかった二十一年ぶりの手がかりだと思ったのに、菜々子の行方捜しは白紙に戻ってしまったのだ。

　それではあの白骨遺体は一体誰なのか。

　なぜ三歳前後なんていう幼い子どもが洗濯ネットに入れられて池に沈められていたのか。こちらの捜査もふりだしに戻ってしまった。

　そんなとき、亜寿沙のスマホのメッセージアプリに琴子から連絡が来る。

　内容は、深泥池の例の白骨遺体が発見された現場に、一度線香をあげにいきたいというものだった。

　池の周囲のうち、遺体が出た辺りはいまだ規制線が張られている。

　一般には出入りが禁止されているのだが、行方不明の菜々子と同じ年ごろで、菜々子がいなくなったのと同じ時期に池に沈められたという女の子のことが他人事《ひとごと》には思えず、線香の一本でもあげたいという気持ちは亜寿沙にも充分理解できた。

　そこで阿久津と風見に相談してみたところ、琴子家族は今回の捜査でＤＮＡを提供して協力してくれた関係もあるし、阿久津と亜寿沙が立ち会いの下でなら現場に入ってもいいと許可が出た。

一週間後、その日がやってきた。

現場にはいまだ野次馬やマスコミが訪れることもあって、人の行き来の少なくなる夕方に亜寿沙たちは深泥池近くの公園で落ち合うことに決めた。

亜寿沙と阿久津が待ち合わせ時刻に公園を訪れると、琴子家族は先に来ていた。

「あずちゃん。……今日は、ほんまにありがとう」

琴子の肩が小さく震えている。亜寿沙はそっとその背中に手を回すとぎゅっと抱きしめた。

「ううん、私の方こそ。来てくれてありがとう」

今回の白骨遺体発見と身元確認で感情を大きく揺さぶられたのは亜寿沙だけではない。琴子や家族の想いはいかばかりだっただろうか。

期待。失望。諦《あきら》め。あらたな希望……。

複雑に絡み合った心情の揺れをはっきりとは言葉にできない。だけど、その言葉にならない複雑な感情を分かち合える相手は、お互いにとってとても貴重だった。

「本日は、私たちのわがままを聞き入れてくださりありがとうございます」

琴子の父親が母親とともに深く頭を下げた。それにこたえて、阿久津も軽く頭を下げる。

「いえ。それより、早速行きましょうか。早くしないと日が暮れてしまう」

「そうですね」

亜寿沙たちはすぐに現場となった深泥池へと向かう。

池に近づくと、わずかに落ち葉が湿ったような香りが鼻についた。

道路を渡り、池の縁《ふち》を少し歩くと白いフェンスが行く手を遮る。フェンスには小さな扉がついているが今は施錠されており、そのフェンスのまわりには『京都府警 立ち入り禁止』と書かれた黄色いテープが張られていた。そこから先は進入禁止なのだが、白骨遺体が見つかった現場はその先にあった。

フェンスの前には立てかけるように、花束やお菓子、ぬいぐるみなどが置かれていた。

白骨遺体のことを新聞やニュースなどで知って心を痛めた人が置いたのだろう。

借りてきた鍵《かぎ》でフェンスの扉を開ける。

フェンスを抜けて白骨遺体がみつかった地点に一番近い岸に立つと、琴子と両親は持ってきた携帯用の香皿に火を点《つ》けた線香を一本ずつ置いた。そして、しゃがむと池に向かって手を合わせる。

その後ろで、亜寿沙と阿久津も静かに手を合わせた。

（二十年もこの冷たい池の泥の中に浸かっていたんだものね。寒かったよね。寂しか

ったよね。あなたがどこの誰なのか、私たちがきっと突き止めるから。だから、それまでもう少し待ってて）

白骨遺体が菜々子じゃなかったからといって、安堵している場合じゃない。ここにもう一人、哀しい現実を背負わされた小さな子どもがいるのだ。

いまは所轄署が捜査をしているはずだが、もし警察本部に応援要請が来れば真っ先に手を上げるつもりだった。

お参りが済むと、琴子と両親は香皿を片付け、何度も亜寿沙たちに礼を言ってその場を後にした。

亜寿沙たちも琴子たちを見送ったあと、現場に何も残したものがないことを確認してから阿久津がフェンスの鍵を掛けた。

「よし。あとはこの鍵を返したらお終《しま》いだな」

この池を管理しているのは京都市文化財保護課なのだが、いまは捜査の必要性から所轄署が鍵を預かっているので、そこに返しに行かなければならない。

「そうですね」

亜寿沙は池へと目を向けた。

赤い夕陽が移りこむ深泥池は、美しかった。息を呑《の》むほどに。

湖面には浮島が浮かび、その合間に水鳥たちが群れになって泳いでいるのが見える。

亜寿沙自身、深泥池に来たのはこれが初めてだった。

タクシー運転手が出会ったという幽霊の噂と、そして深泥池というどこからすら恐ろしさを感じる名称から、もっとうっそうとして恐ろしい池を想像してしまっていた。

しかし、実際に訪れて感じた印象はまるで違った。

池の傍にはこの深泥池について記された看板が立てられている。

それによると、この池は氷河期から存在することがわかっており、夏は浮かび上がり冬は水中に沈む不思議な浮島が池の三分の一を覆っているのだそうだ。その浮島を中心にミズゴケや高層湿原由来の植物、六十種類ものトンボや、ゲンゴロウ、ミズグモ、水鳥など希少なものも含む多種多様な動植物が生息しているという。

国の天然記念物にも指定されるほどの、奇跡ともいうべき多くの生命に溢《あふ》れた池なのだ。

「かつてはここに龍《りゅう》が住んでいるとも、貴船の鬼が出入口として使っていたともいわれていたんだ。人々がこの周辺に住み始めた平安のころから、なんだかんだと恐れられてきたらしい」

隣に立って亜寿沙と同じように池を眺める阿久津が、そう教えてくれた。

「昔から恐れられてきたからこそ、貴重な自然が残されたのかもしれませんね」

「そうだな。池にとってはその方が好都合だろう。時代が経って龍だの鬼だのってものが人々から忘れられてきたら、今度は幽霊話が降ってわいて再び恐れられるようになるなんて、考えてみると不思議な話だよな」

奇跡ともいうべき生命力にあふれるこの池は、この自然を守るために自らそうやって噂を引き起こしているんじゃないか、なんて突拍子もない考えすら浮かんでくる。そんなことを話しているうちに、どんどん日は沈んできた。

赤く染まっていた湖面を、暗い闇が覆っていく。

さっきまで明るく美しいと思えた池も、暗闇に沈めば急におどろおどろしさが増してくる。夜目の利く阿久津と違って、亜寿沙には水面《みなも》へしだいに黒い闇がのしかかりつつあるように見えた。

池の西側を沿うように走る車道にはこの時間はまだひっきりなしに車が行き来しているのに、そのライトの光が余計に池の暗さを際立たせている。

「そろそろ私たちも戻りましょうか」

「ああ、そうだな」

亜寿沙たちは地下鉄烏丸線の北山《きたやま》駅へ向かうために府道を南へと歩いていく。

空を見上げるとかなり早いスピードで黒い雲が動いているのが見えた。空は黒雲に覆われ、夜空からぽつりぽつりと大粒の雨が落ちてくる。

「やばい。降ってきたな」

今夜は曇りの予報だったはず。だから二人とも傘などは持っておらず、近くにもコンビニは見当たらなかった。

雨が本降りになる前に急ごうと早足になったとたん、

「うわっ!!」

亜寿沙は何かに躓《つまず》いてアスファルトの上に転《こ》けてしまった。

足をさすりながら何に躓いたのかと足元を見るが、地面にはただアスファルトが広がっているだけで何も躓くようなものは見当たらなかった。

(あれ……?)

いま、なにか大きなものに躓いた気がしたのに。いや、躓いたというよりも急にぐいっと足首を誰かに引っ張られたような感触だった。

おかしいな? と首をひねっていると、前を行っていた阿久津が駆けて戻ってくる。

「大丈夫か?」

「はい。大丈夫です、すぐ立て……いたっ」

阿久津に手を支えてもらって立ち上がろうとしたのだが、右足を地面についたとたん激痛が走って再び倒れこんでしまった。

足首に触れると、腫《は》れているのか熱を持っている。

どうやら転んだ拍子に、足首を強くひねってしまったようだ。

その間にも雨脚はどんどん強くなってくる。

「弱ったな。タクシーでも呼ぶか」

幸い、亜寿沙たちがいるのは車の通りの多い府道だ。少し待っていると『空車』と表示しているタクシーがこちらに向かってくるのが見えた。

阿久津が手を上げると、タクシーはこちらに気付いて歩道に横付けするように止まった。

阿久津に支えてもらいながら、亜寿沙は後部座席のシートに乗り込む。

彼も隣に座るのかと思ってシートの奥に移動した亜寿沙だったが、

「足をのばしてゆっくり座ってるといい。このまま家まで送ってもらおう」

阿久津はそう言うと後部ドアを閉めて、助手席に座った。

「いやぁ、急に降り出しましたね」

運転手はベテランの風格が漂う初老の男だった。

「そうですね。すみません、ずぶぬれで」

阿久津が申し訳なさそうに謝ると、運転手は人の好《よ》さそうな声で笑う。

「ははは。そんなこと気にせんといてください。それで、どちらまで行きはるんです？」

「ああ、えっと」

阿久津が行き先を告げようとしたときのことだった。

ぽつりと小さな女性の声が聞こえた。

『岩倉《いわくら》の方へ』

（え……？）

このタクシーの中に女性は亜寿沙一人しかいない。それなのに、いま聞こえたのは間違いなく女性の声だった。

シートの左側が沈み込む感触があってそちらに視線を向けると、いつの間にいたのだろうか。

髪の長い一人の女性が、俯《うつむ》き加減でそこに座っていた。

全身ずぶぬれで、白いワンピースを着た若い女性だ。

「岩倉ですね。了解しました」

タクシー運転手は何の違和感も覚えなかったのか、そのまま指示通りに車を発進させる。

（誰!?　この人!!）

思わず叫びだしそうになるのを、亜寿沙は必死に堪《こら》える。

自分たちが通りを歩いていたときも、タクシーを止めたときも、周りに他に人なんていなかったはずだ。

それに阿久津が後部ドアを閉めたときだって亜寿沙は彼を目で追うようにしっかり

見ていたのだ。そのときも隣には誰も座ってなんていなかった。

それなのに、この女性は一体どこから来たというのだろうか。

まるで空気から染み出すように、この女性は気が付いたらそこに座っていた。

この世のものとは到底思えない。

亜寿沙の脳裏に、以前阿久津から聞いたタクシー運転手の怪談が思い起こされる。

そういえばいまいる場所も、深泥池の近くだ。

これはまさに、その怪談話と同じ状態なのではないのか。

ぽたり、ぽたりと女性の髪からは大粒のしずくが落ちている。

いくら雨に濡《ぬ》れたといってもこうはならないだろう。まるで、全身すっぽり水の中に浸《つ》かってきたかのようだ。

わずかに鼻をつくのは、あの池で嗅《か》いだのと同じ湿った匂い。

(もしかして、あの池の底から出てきたっていうの⁉　私たちを追いかけて⁉)

ぞわっと腕に鳥肌がたつ。

(そ、そうだ、阿久津さんに！)

いまにも叫びだしそうになるのを必死に抑え込みながら、亜寿沙はなんとか視線をその女性から引きはがすとゆっくりと首を回してルームミラーを見た。

ミラー越しに、阿久津もこちらを見ているのがわかる。表情はいつになく硬い。やはり阿久津にもこの女性が見えているようだ。

そうしている間にも、タクシーは女性が指示した岩倉の方へと進んで行く。

亜寿沙は一言も発することができなかった。

運転手は元から三人客だとでも思っているのか、相変わらずのんびりとした口調で雑談をしてくる。

それに阿久津が無難に返答するが、阿久津の視線はずっとルームミラーに向けられたままだった。

亜寿沙は雑談に参加する心の余裕なんてまるでなく、黙って座っているのが精いっぱいだった。

そのうち、亜寿沙の隣からすすり泣くような声が聞こえてくる。

(泣いてる……泣いてるよ……)

何が悲しいのかわからないが、ひどく物悲しい声だった。

聞いていると息が詰まりそうだ。阿久津と運転手も雑談をやめてしまったので、車内を絶え間ない雨音と彼女の泣き声だけが満たしていた。

それをずっと聞かされていると、亜寿沙の頭の中も彼女の泣き声でいっぱいになりそうだった。

もうこれ以上耐えられそうにない。すぐにその泣き声を止めてほしくて、亜寿沙は勇気を振り絞ると静かに彼女に尋ねた。

「……何が、そんなに悲しいんですか？」

そのとき、それまで黙っていた運転手が、

「もうすぐ岩倉ですよ。どのあたりで降ろせばええですかね？」

急に声をかけてきたので、亜寿沙はシートから飛び上がらんばかりに驚いた。心臓がバクバクして口から出てしまいそうだ。

ごくりとつばを飲み込んで隣の席に再び視線を戻すと、女性はわずかに顔を上げた。

『……二人の早苗《さなえ》は、帰りたい……』

彼女はそうつぶやいたかと思うと、次の瞬間、まるで空気に溶けるように消えてしまった。車内に残るのは、濃い池の香りとシートにできた大きな水たまりだけ。

女性が消える瞬間を目の当たりにした亜寿沙はついに我慢の限界を超えて「ぎゃーっ！」と叫んでいた。

それからどう車を降りたのかはまるで覚えていない。

気が付くと地下鉄の駅のベンチにすわって手には水のペットボトルを握っていた。

隣では、阿久津が同じ銘柄のペットボトルを飲んでいる。

「……ここは」

かすれた声で尋ねると、阿久津は「ああ」とどこかほっとしたような口調で返した。

「岩倉駅のホームだよ。岩槻が急にパニック起こしたみたいに叫びだしたから、とりあえず駅前でタクシーを降ろしてもらって、雨宿りがてらここに来たんだ。岩倉まで来たら署には電車の方が近いしな。少しは落ち着いたか？」

こくりと亜寿沙は頷《うなず》く。

「まぁ、無理もないさ。あんなのを間近で見ちゃあな」

亜寿沙はのっそりと顔を上げる。

（あれは一体何だったんだろう……）

あの女性は誰だったのか。

怪談を参考にするなら、あれも幽霊ということになるのだろうか。

もし本当にあれが幽霊だとしたら、あれは一体誰の霊だったのだろう。

「……阿久津さんも、聞きました？」

阿久津は、水を飲むのをやめて「ん？」と亜寿沙を見返した。

「聞くって、何を？」

「あの……女性の言葉、です」

阿久津は少し考えるそぶりをしてから、慎重に口を開く。

「『二人の早苗は帰りたい』ってやつか」

「はい」

やはり阿久津にも同じ言葉が聞こえていたようだ。だとすると、あれは亜寿沙の幻聴でも空耳でもなく、たしかにあの女性から発せられたものだということになる。

「『二人の早苗』って、どういう意味なんでしょう」

もし本当に幽霊というものが存在すると仮定するならば、あの女性は深泥池から発見された白骨遺体の幽霊の可能性が高いだろう。

白骨遺体の推定年齢は三歳前後。深泥池に捨てられてから二十年ほどになるというから、あの遺体の女の子が生きていたならばいまは二十代前半から半ばくらいの年頃のはずだ。

あのタクシーに乗ってきた女性も、同じくらいの年頃に見えた。

それに池から上がってきたばかりのようなずぶ濡れな姿に、車内にただよっていた池と同じ香り。

第一、亜寿沙たちは彼女にお線香をあげに深泥池までいった帰りだったのだ。

あの女性は、白骨遺体の女の子の霊だと考えるのが自然なように思えた。

「もし彼女が例の白骨遺体の女の子が成長した姿で、生前の名前が『早苗』だったとしても、『二人』というのはどういう意味なんでしょうね」

二人の早苗は帰りたい。

帰りたい早苗は二人いるのだ。二十年ぶりに発見された白骨遺体の女の子が身内や家族のもとに帰りたいというのはわかる。亜寿沙だって早く身元を判明させてご家族のもとに帰してやりたいと切に願っている。でも。

「俺たちの知らない『早苗』って子が、もう一人いるってことなんだろうな」

「そうですよね」

亜寿沙はベンチから立ち上がると、ペットボトルの蓋《ふた》をきゅっと開けてごくごくと中身を半分ほど飲み下した。

あれだけ雨に濡れたのにカラカラになっていた身体が潤っていく。捻《ひね》った足の痛みも、すでにかなり引いている。

口元を袖《そで》で拭《ぬぐ》うと、決意を込めた目でキッと阿久津を見下ろした。

「阿久津さん。私、あの女性の言葉のことをもう少し調べてみたいんですが、いいですか？」

阿久津は驚いた顔で亜寿沙を見つめる。

「え？　調べるって、もう一人の早苗を捜すってことか？」

亜寿沙は大きく頷いた。

「はい。まずはこの岩倉のあたりを調べてみたいんです。あの女性がわざわざこの地名を告げてタクシーを向かわせたってことは、この辺りに何かがあるんじゃないかって思うんです」

あの女性は何かを強く訴えたくて、亜寿沙たちの前に姿を現したに違いない。

その訴えを無視することなんてできなかった。

阿久津はじっと亜寿沙の目を見たあと、ふっと小さく笑った。

「じゃあ、上に許可をもらうしかないな」

そんなわけで、翌日、出勤するやいなや亜寿沙はすぐさま阿久津とともに風見管理官のところへ行った。

そこで亜寿沙は昨日起こった出来事をすべて話し、岩倉地区の調査をさせてほしいと頼み込んだ。

現時点では岩倉地区は現在警察本部がかかえているどの事件とも関連性が見られない。そんな場所で捜査をすることは本来なら認められるものではない。だからこそ、上司の許可が必要だったのだ。

管理官席に座ったまま黙って亜寿沙の話を聞いていた風見は、

「一つ聞きたいんだが。岩槻巡査部長は、怪異や幽霊といった類《たぐ》いのものは信じるタチではないと聞いていたのだけど、いつから宗旨替えしたんだい？」

茶化すわけでもなく、真剣な表情で尋ねてくる。

亜寿沙はすぐさまきっぱりと答えた。

「宗旨替えしたつもりはありません。私は、目に見えないものに惑わされて捜査を誤ったりするつもりもありません。ただ、自分の目で見たものや、自分の耳で聞いたものまで疑いたくないだけです。助けを求めるものがあるならば、それがどんなものであっても見捨てたくないんです」

そう言い切る亜寿沙に、風見はにこりと微笑み返す。

「わかった。その件については逐次報告を入れることと、常に阿久津係長とともに捜査にあたることを条件に認めよう」

それまで緊張にこわばっていた亜寿沙の顔にパッと明るさが灯《とも》った。

「ありがとうございます！」

ポニーテールが揺れる勢いでお辞儀をし、意気軒昂《けんこう》に自席に戻る亜寿沙。

その後ろ姿を見ながら風見はぼそっと呟《つぶや》いた。

「……似てきたなぁ」

「誰にだよ」

まだ管理官席の傍に残っていた阿久津がすかさず返す。

「そこまで僕に言わせる？」

にやっとする風見に、阿久津はしらっと釘《くぎ》を刺した。

「彼女にそれ言うなよ。絶対、気分害するから」

その日から、亜寿沙は阿久津とともに岩倉地区での捜査を始めることになった。

岩倉地区とは旧岩倉村を地名の由来としており、岩倉駅を中心に三十以上の町名を含む広い範囲を言う。

あの幽霊とおぼしき女性が示した行き先が岩倉だったことから、生前彼女は岩倉地区に住んでいたか、もしくは祖父母の家があるとか通っていた保育園があるなど何かしらの理由でよく来ていた場所だったのではないかと考えた。

まず区役所からデータをもらうと、この地域で二十年前から三十年前のあいだに出生した女児と、一度でも住んでいた記録のある当該年齢の女児の現在の消息について調べることにした。

『早苗』という名前については、あの幽霊の言葉だけでは本人の名前なのかどうか判別できない。そのため、年齢さえあえば他の名前の女児も調査対象にいれることにしたため、調査すべき人数はかなりの数に上った。

聞き込みは岩倉駅近くの町から順に進めていくことにする。すでに他府県に転居している場合は、本人確認のためにわざわざ遠方まで出張することもあった。

深泥池を管轄する上加茂《かみがも》署では幼児の白骨遺体の身元捜査がいまも行われていたが、それとはまったく独立した形で亜寿沙たちは調査をしていることになる。

白骨遺体とは一見何のつながりもない地域をしらみつぶしに調べているのだから、

当然、他の捜査員たちからは冷たい目で見られた。

徳永係長には「お前ら本当に組織として仕事する気があるのか？」とまで言われたが、亜寿沙はひるまなかった。「管理官の許可はとっています」とだけ言ってその場をやりすごした。

とはいえ亜寿沙にしても、岩倉地区を調査する根拠は『深泥池からタクシーに同乗してきた幽霊が行きたがっていた場所だから』ということのみなのだ。そんな根拠で調査をするなんて、あの幽霊を自分の目で見ていなければ亜寿沙ですら正気を疑いたくなったことだろう。

でも、実際に自分の目で見て、自分の耳で訴えを聞いたからこそ、同僚たちの奇異な目も気にならなかった。

しらみつぶしに調べて何も見つからないならそれでいい。でも、もし調べることもせず大切な何かを見逃していたとしたら、それこそ後悔してもしきれない。

だからこの日も調査リストを手に、亜寿沙は阿久津とともに所在調査のため岩倉地区を訪れていた。

最初に行ったお宅では、お子さんの現在の姿を確認させてほしいと頼むと、ゴールデンウィークに帰省した際に撮ったという家族写真を見せてくれた。

自宅の居間らしき場所で、応対してくれたご婦人と目鼻立ちがよく似た健やかなお嬢さんがそこには写っていた。東京の大学に通っているらしい。

それを確認して丁重に礼を述べると、亜寿沙たちは家をあとにする。

「いまのお宅のお嬢さんは事件とは無関係と考えてよさそうですよね。次はえっと、この先の通りを北に行って三つ目の角を曲がったところの小林《こばやし》さんですね」

バインダーに挟んだリストに先ほどの家の情報を書き込みながら、次の場所へと歩き出す。

「もう、すっかりこのあたりの地図も頭に入っちゃいましたよ。住所だけ見れば地図がなくてもだいたい場所がわかるようになってきました」

隣を歩く阿久津がクスッと笑う。

「コンビニと、ファミレスと、トイレのある公園がどこにあるのかもな」

「そう！　それ大事です！」

住宅街には案外休憩できる場所は少なくて、そういった場所を把握しておくことは最重要事項なのだ。

亜寿沙はリストに書かれた小林家の調査情報にもう一度目を通して確認しながら、表情を引き締めた。

「次行く小林さん、十一時にアポとってます。いまから行くとちょうどいい時間ですね」

腕時計の針は十時四十五分を指している。

「小林って……たしか、なかなか電話にも出てくれなかったとこだっけ？」

「はい。前にアポなしで自宅にも行ってみたんですが留守でした。だけど家の明かりはついていましたし、エアコンの室外機は回っていたから居留守だった可能性も高いです。電話も同じ番号ばかりからかけてると着信拒否されると思って、署の中のいろんな外線電話から時間帯を変えてかけてみました。それでようやく、一昨日《おととい》つながったんです」

亜寿沙がそこまでしたのには理由がある。

その小林家の一人娘の名前が『早苗』なのだ。

早苗という名前自体は比較的よくある名前なので、調査対象になっている中にも何人かいる。でも、この小林家以外はすでに全員と連絡がついて消息も確認できているのだ。

残る『早苗』はここだけだった。

小林家は二階建ての建売住宅で、両隣には似たような家が並んでいる。

家の前までくると、十一時ちょうどにインターホンを鳴らした。

『はい』

か細い女性の声が聞こえてくる。亜寿沙は身をかがめるとインターホンに顔を近づけた。

「京都府警の岩槻と申します」

亜寿沙がそう告げると『ちょっとお待ちください』の言葉のあと、しばらくして玄関のドアが開く。出てきたのは、五十代とおぼしき中年の女性だった。

白髪交じりのボブヘアをきっちりと整え、ゆったりとしたワンピースに肩にはふわりとショールをかけている。やわらかな印象の女性だった。

彼女がこの家の世帯主。小林麻美《まみ》のようだ。

彼女には一人娘の早苗がおり、夫とは二十年前に離婚している。

ここまでは事前の調査でわかっていた。

麻美はちらちらと周囲の家や通行人などに視線を向けてしきりに周りを気にするそぶりを見せつつ、

「こんなところではなんですから、こちらへどうぞ」

と、亜寿沙たちを家の中にあげてくれた。近隣住民に警察が来たことを知られたくないようだった。

リビングダイニングへと通されると、亜寿沙は阿久津と並んでダイニングテーブルの椅子に座る。

部屋はよく整理整頓《せいとん》されており、丁寧に暮らしている様子がうかがえた。

「こんなものしかありませんけど」

麻美は西洋風のトレーに二つのティーカップとお茶請けのクッキーを載せた小皿をキッチンから運んできた。

「ああ、おかまいなく。ちょっとお話をお伺いしたらすぐにお暇《いとま》しますので」

阿久津がそう言うが、麻美は阿久津の前に「どうぞ」とティーカップを置く。

次に亜寿沙のそばへとやってくると亜寿沙の前にもティーカップを置いた。

そのとき、ふわりと何かの香りが亜寿沙の鼻をかすめる。

ティーカップの紅茶の香りとは違う。

どこかで嗅《か》いだことのある香りだ。

一瞬で亜寿沙の記憶が呼び起こされた。

幼いとき、いつも遊んでいた公園。にぎやかな子どもたちの声。談笑する、若かったころの母たち。一緒に遊んでいた幼い琴子と、後ろを追いかけてくる菜々子の姿。

その菜々子のことをじっと見つめる、ネズミ色のコートの人間。

あのときの情景がぱっと頭に蘇《よみがえ》る。

(あのときと同じ匂い……!)

あのとき嗅いだ匂いと同じ香りが、麻美から漂っていた。

驚きのあまり亜寿沙は目を見開いたまま動けなくなる。そのまま、向かいに座った麻美に目が釘付《くぎづ》けになった。

（この香り……やっぱり、どこかのブランドのファンデーションの香りだ。間違いない。でも、なんで……なんで？　菜々子ちゃんにつながる香りが、どうしてこんなところで？　あの白骨遺体は菜々子ちゃんじゃなかったはずなのに）

わけがわからない。頭の中が混乱して今にもパンクしそうだった。

阿久津は亜寿沙が話を始めないのを見て、麻美にあれこれ尋ね始める。

阿久津が彼女から聞き出したところによると、彼女は夫と離婚したあと、得意だった英語力を活《い》かして英語学校の講師として生計をたてているという。しかし、離婚した当初は専業主婦だったため、自宅はもらったものの収入がなかった。そのため生活が安定するまではと早苗を児童養護施設に預けたのだそうだ。

その後数年して講師としての仕事を安定して得ることができるようになったものの、すでに早苗を預けてから年月が経っており今さら引き取って育てる自信が持てなかった。早苗はその後も児童養護施設で過ごし、高校を卒業したあとはどこかで働いているようだが麻美は詳しいことは知らないようだった。

阿久津が聴取して聞き出した内容を、本来なら亜寿沙は記録しなければならなかった。しかし今は手帳すら手に取ることもできず、ただ固まったように麻美の話に耳を傾けることしかできない。

それを阿久津は不思議そうにしていたが、言葉にはせずにどんどん話を進めていく。

「できれば、早苗さんの最近の写真などお持ちでしたらお見せ願えないでしょうか」

阿久津が頼むと、麻美はしばらくテーブルをじっと見つめて考え込んでいた。

「なければ構いませんが」

阿久津が言うと、

「あ、ありますっ」

どこか慌てた様子で椅子から立ち上がると、リビングの傍らに置かれたチェストの一番上の引き出しを開けた。そこから一通の角2封筒を取り出すと、中から一枚の写真を引き抜く。封筒には児童養護施設の名前がプリントされていた。

「これが、高校を卒業したときの写真です」

それは校門の前に立てかけられた卒業式の立て看板の前で撮られた写真だった。看板の横には卒業証書を胸に、ひかえめにはにかむ制服姿の女性が写っている。

写真を見たとたん、亜寿沙の喉《のど》から「あ……」と言葉にならない声が漏れた。

その写真に写った小林麻美の娘・早苗は、亜寿沙の親友の琴子にとてもよく似ていたのだ。

「どうした？　大丈夫か？」

阿久津が亜寿沙の様子を心配して声をかけてくる。

しかし、亜寿沙はあまりのショックでまともにしゃべることもできず、ただ頭を横に振るのが精いっぱいだった。

「最後に岩槻も何か聞いておくことがあるか？」

そう問われても、聞きたいことならたくさんあった。でもうまく言葉にならない。

テーブルに置かれたティーカップを手に取って冷めきった紅茶で喉を潤すと、ようやく少し落ち着いてくる。

あの写真にうつる女性は菜々子に違いない。

だけど確証がない間は下手に麻美を刺激するわけにはいかない。いまここで逃げられたら、もう二度と麻美も菜々子も追えなくなるような気がした。

だから、おそらく相手には何の警戒もされないだろうが、亜寿沙が最も気になっていることを尋ねてみることにする。

「あの……つかぬことをお尋ねしますが、小林さんがつけられているファンデーション。すてきな発色ですね。どこのブランドのものなんですか？」

麻美も雑談だと思ったのか、少し表情をやわらげて話してくれた。

「これはイギリスのメーカーのものなんです。若いころ、イギリスに住んでたときに気に入ってからずっとこれを使ってます」

そう言ってブランド名まで教えてくれた。

警察本部に戻ったあと、亜寿沙は阿久津に小林家で挙動不審になってしまった理由をすべて話した。

小林麻美がつけていたファンデーションは、菜々子が行方不明になった際に見かけた『ネズミ色のコートの人間』から香ってきたものと同じ匂いがしたこと。

それから、小林麻美が早苗だと言って見せてくれた写真の女性が、親友の琴子によく似ていたこと。これについては、一度深泥池で琴子に会っている阿久津も写真を見て同じことを感じたという。

早苗の写真が入っていた封筒に印刷されてあった児童養護施設の名前を職場のパソコンで調べてみたところ、同名の児童養護施設が滋賀県にみつかった。

すぐに阿久津がその児童養護施設に連絡を取ってくれ、そこの施設長から小林早苗の現在の住所と職場を教えてもらうことができた。

数日後。

亜寿沙は鑑識官の猿渡とともに大阪・梅田《うめだ》に来ていた。

賑《にぎ》やかな梅田の繁華街も、少し道を逸《そ》れれば庶民的な商店街や静かな住宅街が広がり生活の香りが色濃く漂う。

そんな商店街の一つにある花屋が早苗の勤務先だった。

事前に電話をかけて簡単に用件を伝えたとき、彼女はしばらく黙り込んだあと、思いのほか落ち着いた声で協力を承諾してくれた。ただ仕事が忙しくてなかなか京都まで行けないという話だったので、こうして彼女の職場までやってきたのだ。

「たしかここのはず」

電話で聞いたのと同じ名前の花屋の看板の前で立ち止まる。

店の外には、ちょっとしたプレゼント用の小さなブーケや、可愛らしい鉢植えが並んでいた。

店の中を覗《のぞ》いてみると、ちょうどお客さんは誰もいないようだ。

店の奥のカウンターで、緑のエプロンをつけた若い女性店員が一人で小ぶりなアレンジメントを作っていた。

亜寿沙は猿渡と頷《うなず》きあうと、「すみません」と声をかけながら店内に足を踏み入れる。

「いらっしゃいませ」

女性店員がにこやかな声で応対してくれた。俯《うつむ》いているときはよくわからなかったが、顔をあげた彼女を間近で見ると写真よりもさらに親友の琴子に似ていると思った。さらさらとした黒髪を後ろで一つにまとめているので琴子よりも活動的に見えるが、優しげな目元や全体の雰囲気がよく似ている。

ついじっと見入ってしまいそうになるのをぐっと堪《こら》えて、亜寿沙は尋ねる。

「小林早苗さんですか。先日お電話した京都府警の岩槻と」

隣で猿渡がぴょこんと頭を下げる。

「鑑識官の猿渡っす」

亜寿沙を見て、早苗の表情がわずかに硬くなる。

「たしか、捜査の関係で私のＤＮＡを検査したいっておっしゃってましたよね」

亜寿沙は真剣に頷く。

「はい。別の事件を追っていて、たまたま早苗さんのことを知りました。もしかしたら、ある行方不明事件と早苗さんが関係しているかもしれないと思い、ＤＮＡ検査をお願いした次第です。その事件は、二十一年前に当時三歳の山下菜々子ちゃんが公園で遊んでいる最中にいなくなったというものです。これが、その山下菜々子ちゃんのお姉さんの現在の写真です」

亜寿沙はスマホで写真を見せた。琴子に昨晩、もしかしたら菜々子発見につながるかもしれないからと伝えて現在の写真を送ってもらったのだ。バストアップで顔がはっきりと写ったその写真を見て、早苗が息を呑《の》むのがわかった。

彼女自身にも、琴子と自分の容姿がよく似ていることがわかったのだろう。

早苗はじっとその写真を見ていたが、しばらくして小さく息をついた。

「わかりました。協力します。よろしくお願いいたします」

早苗は深く頭を下げる。猿渡が専用キットで早苗の口腔《こうこう》内の組織を採った。

警察本部に戻ると、猿渡が検体を警察庁のＤＮＡセンターへと送ってくれた。

ＤＮＡセンターにはすでに琴子と両親のＤＮＡ型のデータがあったため、それと早苗の鑑定結果が照合された。

しばらくして届いた結果は、ほぼ１００％に近い確率で早苗と琴子たちの血縁関係を証明するものだった。

小林早苗は、二十一年前に行方不明になった山下菜々子であると科学的にも立証されたのだ。

この鑑定をもとに、小林麻美は山下菜々子行方不明事件の重要参考人として聴取を受けることになった。

聴取では、当初、小林麻美は黙秘を続けていた。

しかし、深泥池に沈められていた遺骨の入った骨壺《こつつぼ》を目の前にしたとき、彼女は骨壺を抱きしめて静かに泣き始めたのだそうだ。

それ以降、彼女は少しずつ事の真相を話し始め、二十一年前、自分の娘『早苗』の遺体を深泥池に沈めたと自白した。

これは深泥池から発見された遺骨のＤＮＡ鑑定から小林麻美と親子関係が認められ

ため、真実であると結論づけられている。

麻美の話によると、夫が海外に長期出張に行っている間に不慮の事故で三歳の娘の早苗を亡くしてしまったのだという。

夫とはすでに夫婦としての関係が冷えつつあったため、唯一のかすがいとなっていた娘がいなくなれば夫に捨てられるのではないかと恐れて、麻美は娘の死を言い出せなかった。

しかし、そのまま自宅に遺体をおいているうちに腐敗が進んでどうしようもなくなってしまったため、どこかに遺棄することを考えはじめる。

最初は自宅の庭に埋めようかとも考えたが、庭は猫の額ほどの広さしかなく隣家の建物とも接しているため、埋めているところを隣人に見られるおそれがあった。

そこで、考えあぐねたあげく自宅から一キロほど離れたところにある深泥池へ沈めることを思いつく。

麻美は娘の遺体が浮かび上がってこないように家にあった洗濯ネットに入れて、ダンベルや漬物石などを重石《おもし》として紐《ひも》でくくりつけて、深夜の深泥池に沈めた。

だが今度は、娘がいないことを夫に知られたら夫に捨てられるという強迫観念にかられるようになり、同じ年頃の子を探して自転車で市内を彷徨《さまよ》うようになった。

そうやって彷徨ううちに早苗と似た顔つきをした菜々子をみつけ、誘拐したのだった。その際、男に見間違われるよう夫のコートを着て髪もショートにすることで偽装していたことも証言している。

麻美の夫は帰国後すべてを知ったが、犯罪行為を周りに知られるのを恐れてそのまま菜々子を『早苗』として自宅で育てることにした。

一年ほどは一緒に暮らしたというが、やがて夫は良心の呵責《かしやく》に耐えられなくなったのか家を出て行ってしまい、麻美も一人では菜々子を育てきれず他県の児童養護施設に入れたのだった。

小林麻美は山下菜々子の誘拐だけでなく、実子・早苗の死体遺棄容疑でも再逮捕されることになった。

すべてを洗いざらい話して罪を認めた彼女は、どこか肩の荷が下りたようなほっとした表情を浮かべるようになったそうだ。

早苗の遺骨は小林麻美の実家の墓に入れられることになり、麻美はいつか墓参りにいけることを待ち望んでいるという。


亜寿沙はカフェでコーヒーを飲みながら琴子を待っていた。

しかも、今日は一人で待っているわけじゃない。

隣には、菜々子が緊張した面持ちで座っていた。

彼女は緊張を誤魔化すように目の前に置かれたアイスカフェラテをストローでかき回す。氷が涼しげな音をたてていた。

先週菜々子から、二十一年ぶりに本当の家族に会うのだが、不安で心配で仕方がないから顔見知りになった亜寿沙に立ち会ってもらえないかという相談があったのだ。

二十一年ぶりの家族の再会の場に自分のような部外者がいていいものかと悩んだ亜寿沙だったが、記憶にほとんどない家族と再会するのに不安になる気持ちもわかる。

だから、事件の捜査に加わっていた一刑事としてこの場に立ち会うことを決めた。

そして迎えた当日。

菜々子はストローでアイスカフェラテを一口飲むと、はぁぁぁぁと長いため息を漏らした。

「緊張してる？」

亜寿沙の言葉に、菜々子はいまにも涙が零《こぼ》れそうな潤んだ瞳《ひとみ》でこくんと頷いた。

「心臓がばくばく言うてます。飛び出してしもうたら、どないしよう」

その様子を想像してしまって、亜寿沙はコーヒーを吹き出しそうになる。

「だ、大丈夫だってば。琴子……じゃなかった、山下さんご家族はいままでずっとあなたを捜してたんだから」

「……それは知ってます。あれから山下菜々子の名前でネットでいろいろ検索してみました。それで、ずっと捜してくれていたのを知りました。すごく、嬉《うれ》しかったです。私……、こうなることをずっと小さいころから、施設にいるときから夢見てたから」

「夢に？」

再び菜々子はこくんと頷《うなず》いた。

「私、自分の家族に違和感みたいなものをもってたんです。だって私、一人っ子のはずやったのに、小さいころいつも誰かの背中を追いかけていた記憶があるんです。それで、お姉ちゃんがいたんじゃないかって思って。でも、母……」

そこで言葉を詰まらせて、一瞬間を置いてから菜々子は言い換えた。

「いえ、小林さんにそれを尋ねたら、すごく怒られました。それでそのことは聞いちゃいけないことなんだってずっと心の中にしまっていました。施設で暮らすようになってからも、小林さんはほとんど面会に来てくれへんかったですし。誰からも必要とされない寂しさを紛らわせるために、よく想像してたんです。私には本当の家族がいて、いつか私を迎えに来てくれるんじゃないかって」

そのときカフェの自動ドアが開く音がした。そちらに視線を向けると、三人の客が入ってくるのが見える。

一人は亜寿沙もよく知っている琴子だ。その後ろに久しぶりに会う琴子の両親もいた。

亜寿沙が立ち上がって軽く手を振ると、真っ先にこちらに気付いたのは琴子だった。いつもはおしとやかで穏やかな琴子が、こちらに転びそうになりながら走ってくる。菜々子も立ち上がる。そこにはもうさっきまで緊張で顔をこわばらせていた彼女はいなかった。

目に涙をためて、走り寄ってきた琴子としっかりと抱き合った。

「ななちゃん……！　ほんまに、ななちゃんや！　会いたかった。ずっとずっと会いたかったんやで」

もう二度と逃さないといわんばかりにぎゅっと抱きしめて放さない琴子に、菜々子も涙で顔をくしゃくしゃにしていた。

「やっぱりお姉ちゃんが迎えにきてくれた。ほんまにありがとう、お姉ちゃん。それに、お母さん。お父さん。ほんまに、ありがとう」

後ろでは、二人の両親がハンカチで涙を押さえながら姉妹の姿をあたたかく見守っている。

亜寿沙も涙が溢《あふ》れそうになるのを必死でこらえていた。

（よかった……。ほんとうによかった……）

もっと家族の再会を見ていたかったけれど、せっかく二十一年ぶりに会えたのだ。自分がいては邪魔だろう。自分はただ、菜々子の付き添いとしてここにいただけなのだから。

菜々子が無事に家族と会えれば、もう亜寿沙の役割は終わりだ。

琴子と菜々子はまだ抱き合ったまま、互いに再会を喜び合っている。

亜寿沙は二人の両親に軽く頭を下げると、その場を静かに立ち去った。

カウンターで会計を済ませると、自動ドアから出る。

「うーん」

おもいっきり伸びをした。

二十一年前。菜々子が行方不明になったときからずっと背負い続けていたものが、こみあげるあたたかな気持ちとともに溶けて軽くなるようだ。

空は亜寿沙の心を写し取ったかのように雲一つない晴天だった。

思えば、刑事になって良かったとこれほど思えたのは初めてだ。

事件は日々起きている。そんな事件から誰かを守るために、誰かの笑顔を取り戻すために、これからも頑張っていこうという思いを新たにしたとき、背後から声がした。

「お疲れ様」

振り向くと、カフェの自動ドア脇の壁に阿久津が寄りかかっていた。

「阿久津さん⁉　どうしてここにっ⁉」

そういえば、今日このカフェで菜々子と家族が会うことは一応、上司である阿久津には事前に報告してあったことを思い出す。でもまさか、ここに阿久津まで来るとは思わなかった。

驚く亜寿沙のそばまでくると阿久津はポンと亜寿沙の肩を叩《たた》いた。

「よくやったな」

阿久津のねぎらいの言葉に、再び亜寿沙の目元が潤んでくる。必死に涙をこらえながら、

「いいえ、すべては亡くなった早苗さんのおかげです。あの人がヒントをくれたから、ここまでたどりつけました」

気丈に言う亜寿沙に、阿久津は小さく笑いかけた。

「それもあるが、そのヒントを事件解決につなげたのは岩槻の執念だろう。岩槻が動かなければ、この事件は解決しなかった。だから、よくやった」

阿久津の声が優しく耳に響く。

ついにこらえきれなくなって、亜寿沙は涙をぽろぽろとこぼした。一度流れ出した涙は止まらない。

子どものように泣きじゃくる亜寿沙の背中を阿久津はずっと撫《な》でてくれた。

その日の晩は、亜寿沙と阿久津、それに途中からかけつけた風見も入れて三人であの先斗町の小料理屋『たいたん』で打ち上げをした。

その日飲んだお酒のおいしさを、亜寿沙は一生わすれないだろう。

第三章　清滝《きよたき》トンネルの怪異

信号が青になっている。

山の中の一本道。その先に古いトンネルがある。

トンネルの手前にとりつけられた信号は、煌々《こうこう》と青く光っていた。

信号の下では、ハーフヘルメットを首の後ろにひっかけた原付バイクの少年たちが言葉もなくトンネルを見つめている。

原付バイクが三台、そのうち二台は二人乗りしているので、合計五人。

五人は同じ中学出身で、高校になって学校がバラバラになってからもよく遊ぶ面子《メンツ》だった。

ここにくるまではいつものようにふざけてはしゃいでいた五人だったが、トンネルの前に来たとたん自然と会話はなくなった。

そのトンネルが放つ、身の毛もよだつような雰囲気に飲まれてしまったのだ。

夜の静寂《しじま》に佇《たたず》むそのトンネルは、『清滝トンネル』と呼ばれていた。

その週末は本当ならグループの仲間の一人の家に入り浸ってオールで遊ぶ予定だった。

彼は母一人子一人の二人暮らしで、今日は看護師の母親が夜勤でいないため、彼の家でなら一晩中遊べたからだ。

酒が入っていたかどうかなんて、誰もおぼえちゃいなかった。

とにかく陽気に食べてしゃべって、ゲームして、楽しく過ごしていた。

そんなとき、少年の一人が知り合いの女の子たちも呼んでパーティしようやと言いだして、他のやつらも食いついてきた。

だけどあいにくどの女の子も明日《あした》はバイトで朝早いとか、親が出かけさせてくれないなどといって誘いに乗ってはくれなかった。

しらけた空気が漂いだし、今日はもう解散するかという気分になり始めたころ。

さっき女の子のことを提案した少年が、名誉挽回《ばんかい》とばかりにこんなことを言いだしたのだ。

「なあ。どうせなら、心霊スポットにでも行ってみぃへんか？」

ちょうど全員が乗れるだけの原付《ア》バイク《シ》もある。

少年たちはお互いの顔を見合わせた。さっきまでのしらけた空気が再びわくわくとした楽しいものに変わる。

「心霊スポットいうたら、やっぱあそこやろ。なんちゅったっけ。なんとかトンネル」

短髪をツンツンさせた少年が話を継ぐ。

「たしか『清滝トンネル』や。学校の先輩が行ったことある言うてたで。なんでも、真下を向いたカーブミラーに死者が映るらしいで。そんで、青信号のときにトンネルトンネルに入ったら、自分らのと違う足音があちこちから聞こえてきて、天井から首の折れた女が降ってきたて言うてはった」

それを聞いた他の少年たちは爆笑する。

「そんなん降ってきたら笑うわ」

「爆笑もんやわ。お化け屋敷ちゃうねんで」

「ほんまの話やって！　先輩、ほんまに見た言うててんから。慌てて家帰って車見たら、窓ガラスにめっちゃたくさん手形がついてたとも言うてたわ。ほ、ほら。これそのときの写真やって」

ツンツン頭の少年は自分のスマホでみんなに写真を見せた。

スマホに映る中古ベンツとおぼしき黒いセダンの窓ガラスには、泥のついた手を押し付けたような手形がたくさんついていた。

しかしその写真を見ても、他の少年たちはまだ信じようとしない。

「それ、先輩にかつがれたんやって。絶対、自作自演や。その写真もきっと自分で加工したんやで」

「俺もそう思う」

「嘘ちゃうて。信じてや！」

ツンツン頭の少年を他のメンバーたちがからかい始めたところで、それまでじっと話を聞いていた赤髪の少年がポンと膝《ひざ》を叩いた。

「よし。じゃあ、確かめに行こうや。今から」

まさに鶴の一声で、深夜の心霊スポット行きが決まった。

少年たちの中でもっともケンカが強く、ケンカっぱやい赤髪の少年に逆らうものなどいなかった。

それでも原付バイクに乗って京都市内の西北部にある山間部に入ると少年たちの気分は次第に高揚していった。

他にすれ違う人も車もない深夜の山道だ。大声をあげても、蛇行運転しても咎《とが》めるものなどいない。

走りながら飲んでいたエナジードリンクの缶を道路に放り投げ、はしゃぎながら山間の道路を上っていく。

その先にひっそりと鎮座するように、トンネルが見えてきた。

トンネル内部の照明はオレンジ色をしている。そのため口をぽっかりと開けて少年たちを待ち構えているようにも見えた。

トンネルの前で原付バイクを止める。

目の前の信号はずっと青を示していた。

「……行くんやんな？」

ツンツン頭の少年が小さな声を出す。声はどことなく震えていた。

「あほか。なにビビっとんねん」

先頭にいた赤髪の少年が原付バイクのエンジンをかけ、トンネルへと進んで行く。

「ま、待ってや！」

あとの二台も赤髪の少年のバイクを追った。

三台のバイクは、吸い込まれるようにトンネルへと入るとオレンジ色の照明の中を進んで行く。

しばらくは緊張した面持ちで走っていた少年たちだったが、予想したようなことは何も起こらない。

天井から幽霊の女が落ちてくることもなければ、足音が迫ってくることも、手形をつけられるようなこともない。

聞こえてくるのはバイクが道路を走る音だけだ。

怪談話に怯《おび》えていた少年たちの心に、急にいつもの強気な気持ちが戻ってくる。誰ともなく、少年たちは笑い出した。笑い声がわんわんとトンネルに反響する。それすらおかしくて、少年たちは愉快に笑いながらトンネルを走り抜けようとした。

そのときだった。

トンネルの出口に人影が見えた。

まるで行き先を塞《ふさ》ぐように誰かが立っている。

道幅が狭いとはいえ、一応車道だ。人一人が真ん中に立っていても、その両脇をすり抜ければトンネルの外に出ることはできた。

しかし、気持ちよく走っていた彼らはその人影が楽しい気分に水を差したと感じた。なにか因縁でもつけて怒鳴りつけるなり脅すなりしてやらないと気が済まなかった。

見れば、相手は一人。こちらは五人いるのだ。勝てないはずがない。

三台のバイクは人影の数メートル手前でエンジンを止めると、

「邪魔や。そこどかんかい。轢《ひ》いてまうぞ」

赤髪の少年が脅すように言う。

しかし人影は仁王立ちするようにトンネルの出口に立ったままだ。

外の月明かりが逆光となって、顔までは見えない。人影は月の明かりをバックにふらりふらりとゆっくり身体を右へ左へゆらめかせるだけで、その場からは一歩も退《ひ》こうとしなかった。

「どけ、言うとるやろが！」

さらにどすを利かせて赤髪の少年が言うが、人影はゆらりゆらりするばかり。

赤髪の少年は原付バイクから降りると、ポケットに入れていた太いチェーンを右手に巻き付けて大股《おおまた》でその人影に近づいた。

近づいてみれば、長身でがたいも大きな赤髪の少年よりも、人影は一回り小さく細身だった。

赤髪の少年はにやりと笑みを浮かべる。

それを見て、ほかのメンバーたちもバイクから降りて赤髪の少年に続いた。

にやにやとした笑みが少年たちの顔に浮かぶ。自分たちの気分を害したその人影をいたぶってやろうという嗜虐心《しぎゃくしん》に満ちていた。

「なあ、そこどかへん気ぃなら、俺らが無理やりどかせてやろうか」

赤髪の少年が鎖をまいた拳《こぶし》を構えながらそう脅そうとしたとき、人影が大きくゆらりと揺れた。

その拍子に、影になっていた人影の顔が上を向いてトンネルの外の月光に照らされる。

はじめ、少年はソイツが大口を開けて笑っているのかと思った。

真っ白い顔。下向きに大きく弧を描く二つの黒い目と、上向きに大きく弧を描く真っ赤な口。

よく見るとそれは面だった。

笑顔を不気味に誇張した図柄に、ところどころ塗装が剝《は》げかけた年季を感じさせる面。

人影はその奇妙な面をつけたまま、ゆらりゆらりと上半身を左右に動かしている。髪は肩までのびて面と一体になっていた。

「……なんや、こいつ」

人影の異様な姿に、赤髪の少年は足を止める。

ソイツは男のようだ。がりがりに痩《や》せた上半身は裸で、黒い塗料で乱雑に何本も太い縦線が描かれている。下は汚れた薄青色のカーゴパンツを穿《は》いていた。

そして、ブツブツと何かを呟《つぶや》き続けている。よく耳をそばだてると、まるで泣いているかのような声で同じ言葉を繰り返していた。

『……シンジテクレ……ワスレナイデ……ワレヲムカエテクレ……』

少年の背筋にぞくりと寒いものが走る。

ソイツはぐっと身をかがめると、身体の反動を利用して腰に差していたものを両手で摑《つか》んで振り上げた。

月光に照らされて鈍い光を放つ、二本の弓形に曲がる大きな刃。

草刈りに使うような鎌《かま》だった。

「ナゼ……ドウシテ、ワレヲステタンダァァァァァァァァ!!」

雄たけびのような叫びがトンネルに木霊《こだま》する。

「う、わ、あ、あああああああああ！」

赤髪の少年は、恐怖に耐えかねて転がるように原付バイクのところへ戻ってくると、慌ててエンジンをかけた。震える手でスロットルを回し、バイクを勢いよく半回転させると、一人で今きた道を全速力で逃げて行く。

「お、おい！」

「待てよ！　置いてかないでくれ!!」

他の少年たちも必死の形相で原付バイクに乗り込んで逃げ出した。

ソイツが何だったのか、少年たちは知る由もない。

人間なのか幽霊なのかすら、少年たちにはわからなかった。

ただ一つ言えることは、このトンネルで噂されるどんな怪談よりもヤバいやつだということだけだった。

＊　＊　＊

亜寿沙は自分のデスクで仕事をしながら、向かいの席に座る上司をチラチラ見ていた。

いつものことだが、今朝も上司の阿久津は自分のデスクに腕を枕にしてつっぷして寝ている。

彼が体質的に日中は身体がだるくて辛《つら》いということは知っている。

しかし、さすがに勤務時間中に寝ているのはまずいだろう。

春頃にはだるそうにしながらもここまであからさまにつっぷしていることは少なかったが、近ごろは午前中ずっとこんな感じだ。

その分、元気が回復する夕方以降はしっかり仕事をしているので業務自体に遅れはないのだが、午前中は仕事をサボっているように見えるため、ときどき見かねた他の係の者たちが苦言を言いにくるのだ。

だいたい言いに来る人は決まっているので、その気配を感じたら彼らがこちらにくる前に阿久津を無理やり起こすのが最近の亜寿沙の日課になっていた。

(うちの職場がフレックス制ならいいんだけどね)

フレックス制なら、朝弱く夜に強い阿久津みたいなタイプも働きやすいだろうが、あいにく警察官も公務員なのでそんな体制にはなっていない。

夜勤のときに取れる代休の制度などもあるが、そういつも夜勤ばかりもしていられない。

強行三係の方から視線を感じて、ちらっとそちらを窺《うかが》うと睨《にら》みつけるような徳永係長の視線と目が合った。

（ひっ）

慌てて目を逸《そ》らして、阿久津にだけ聞こえるような小声で言う。

「徳永係長がちらちらこっち見てますよ。まずいですよ。そろそろ何か言われますよ」

阿久津は「ん？」と眠そうな顔を上げた。

「今日も体調悪いんですか？」

阿久津はのっそりと起き上がると、両手で顔をこする。

「ああなんかだるくて。でも、昼過ぎたら少しマシになるし夜には元に戻るから大丈夫だよ」

そう阿久津はのんびりとした口調で言うが、亜寿沙の表情は晴れない。

阿久津が鬼を名乗る田所という容疑者に噛《か》まれてからというもの、体質にさまざまな変化があったことは知っているが、傍でみているとそれが少しずつ酷《ひど》くなっているように感じるのだ。

（この間の侵入窃盗のときも……）

住宅街で深夜に侵入窃盗犯を捕まえたときのことがどうしても気にかかる。

あの日もいつもの圧倒的な身体能力で阿久津はあっさりと犯人を追いつめて拘束していた。それだけならいいのだが、あのとき阿久津はさらに犯人の首を絞めつづけていた。

まるで殺そうとする強い意志をもっているかのように。

あのあとなぜそんなことをしたのか、一歩間違えたらあなたが犯罪者になるところだったと亜寿沙は問い詰めたのだが、阿久津自身も困惑しているようで「今度からは気を付けるよ」と言うばかりだった。

もしかしたら、阿久津はあの尋常ではない身体能力を自らコントロールできなくなっているのではないか。

そんな不安が亜寿沙の心から離れてくれない。

一方、阿久津はあくびを一つすると相変わらず眠そうにしながら、ノートパソコンを開いてぼちぼちと仕事をはじめる。

「夜できる仕事をもっとまわしてもらった方がいいですかね」

亜寿沙の提案に、阿久津はうーんと唸《うな》る。

「俺はその方が楽だけど、君が困るでしょ。普通、人間は昼おきて夜寝るのが健康には一番だ」

「それはそうなんですけど……」

「まぁ、俺だけそういう仕事を回してもらうのはありかもね。そういえば、所轄の方でも最近、夜回りを強化してるとこがあるって聞いたな」

亜寿沙はノートパソコンのキーボードを叩《たた》いて仕事をしながら、阿久津の話に耳を傾ける。

「また侵入窃盗でも出たんですか？」

「いや、今度は不審者かな。清滝トンネルに遊びに行った若者を襲う不審者がいるんだそうだ」

清滝トンネル。どこかで聞いた名前だなと首をかしげたが、すぐに思い出した。

「あ！　あの心霊スポットで有名なとこですよね！　この前、テレビで紹介されてました！」

番組では売り出し中のアイドルたちが夜中にトンネル内部を通って実況していた。ところが、途中で女の子の一人がしゃがみ込んで動けなくなったり、突然映像が乱れたりして後半はパニックのような状態になっていた。お約束どおりの展開すぎてやらせの匂いもしないではない。

「京都は心霊スポットが多い土地柄なんだが、あそこは知名度では別格だろうな。あそこには愛宕《あたご》神社の総本山があってな。戦前は、その宿場町として栄えていたんだそうだ。その宿場町と嵐山《あらしやま》をつなぐために作られたのが愛宕山《あたごやま》鉄道で、あの清滝トンネルも元は鉄道用のトンネルだったんだよ。それが戦前に鉄道が廃線になると一般道として使われるようになったそうだ」

すらすらと淀《よど》みなく話してくれるところをみると、阿久津はすでにいろいろ情報収集をしているようだ。もしかしたら本当に、夜回りに参加したいのかもしれない。

「そんなに昔からあるトンネルなんですね」

「そうだな。古くて幅の狭いトンネルだから、夜に通ればさぞかし不気味だろうな」

パソコンを開いているついでに清滝トンネルのことを検索すると、すぐに多くのネット記事が見つかった。写真もたくさんヒットする。そこには夜の山道にひっそりと佇《たたず》む、不気味なトンネルが写っていた。

ネット記事によると、白い服を着た首の折れた女性が天井から落ちてきたり、悲鳴のようなものや無数の足音が聞こえたりといった心霊現象が多数報告されているようだ。

「うわぁ。夜中にこういう心霊スポットに行くとか私には絶対無理です」

正直、仕事であっても行く気がしない。幽霊が本当に出るとは思っていないが、恐怖のあまり自分の足音が反響しているだけなのにたくさんの足音が追いかけてきているように聞こえたり、トンネルに吹く風切り音を女性の悲鳴と聞き間違えたりすることがあっても不思議ではない。

そんなところへ好き好んで夜回りに行こうというのだから、やっぱりこの上司は普通じゃない。

「こういうところは興味本位では行かない方がいいよ。心霊スポットとして有名になると、厄介なやつらが集まってくることがあるんだ。不良たちが夜中にバイクでやってきて騒いだりとかな。そういうやつらに、心霊スポット巡りをする一般人が出くわして実際に襲われたって事件もあるからね」

「うわぁ。幽霊よりも、人間の方が怖いですね」

やっぱり心霊スポットなんか絶対に行きたくない。その気持ちを新たにする亜寿沙に、阿久津はくすりと笑いかける。

「そうかもな。清滝トンネルの不審者も、他所《よそ》から集まってくる迷惑な連中を追い返そうとして出没してるのかもしれないしな」

と、そこに羽賀課長が紙を数枚手にしてやってくる。

「阿久津、ちょっと所轄署から来てほしいて頼まれたんやけどええかな」

「別に構いませんが、どこですか？」

羽賀課長は阿久津のデスクに手に持っていた紙をバンと置いた。

紙にはトンネルの写真がプリントアウトされている。見覚えがある写真だと思ったら、いましがた亜寿沙がネットで見たものとまったく同じ写真だった。

「お前なら知っとるやろ。嵯峨野《さがの》の奥にある清滝トンネルっちゅうとこや。不審者が出るいうんで、嵯峨野署の方で重点パトロールしてたんやけど、一向に成果があがらんらしい。それやのに、トンネルに遊びに来た高校生やら大学生やらのグループがいくつも襲われてな。それでオカルトに詳しい捜査員がおるゆう評判を聞きつけたとかで、お前んとこの係をご指名で協力要請が来たんや」

ちょうど話題にしていた清滝トンネルの件と聞いて、思わず阿久津と亜寿沙は顔を見合わせた。

(特異捜査係に依頼ってことは、私も行くってことよね……)

内心気が重かったものの、こうして阿久津の望みどおり特異捜査係も清滝トンネルの捜査に参加することが決まったのだった。

いまは特に大きな事件を抱えているわけでもなかったので、午後には所轄署である嵯峨野署に行って担当刑事から事件の詳細について教えてもらうことになった。

不審者が出没するのは、深夜十二時から夜明けまでの間。

不審者が初めて出没したのは半年前で、少年グループが清滝トンネルの出入口付近で二本の鎌を持った半裸の男に襲われたのが始まりだった。

その後も通報があっただけでも五回。

実際にはもっと出没している可能性もある。鎌男が出没すると噂になったせいで、近ごろ清滝トンネルへ心霊スポット巡りにくる若者が増えているのだと担当刑事の一人は嘆いていた。

しかも通報があったうちの二回は、実際に鎌で切りつけられて怪我人まで出ているのだ。

一つ目のケースは、走って逃げようとしたところを背中から斬りつけられたものの、一緒に来ていた仲間に背負ってもらってトンネルの外に置いてあった車まで逃げ切り助かったという。

もう一つのケースでは初めから鎌男を倒す目的だったのか、数人の仲間とともに鉄パイプや金属バット、ナイフなどを持参して清滝トンネルへ行っていた疑いがあるようだ。しかし、彼らは返り討ちにあい、全治一か月から三か月の怪我を負った。

最後にはやぶれかぶれになって車で鎌男をひき殺そうとしたらしいが、鎌男は急発進して向かってくる車のボンネットに飛びのり、車の上を走ったかと思うとそのまま消えてしまったのだという。

警察は彼らが鎌男に襲われた可能性は高いとみているものの、高速で迫ってくる車に飛び移ったり、突然消えたりなどという非現実的な証言については何らかの薬物使用か飲酒運転による幻覚ではないかと考えていた。とはいえ、

「ちまたで鎌男と言われてるコイツは、段々凶暴性を増してきとるようなんです。そやから早よ捕《は》まえたいんですが、なぜか俺らが警らしてても全然遭遇しないんですわ。うちの若い連中に、心霊スポットに遊びに来た若者のふりさせたことも何度もあるんですが、それでも鎌男は出てきよらへんのです」

大柄の刑事係長は、弱ったように頭を掻《か》いた。

「そやから、応援をお願いした次第です。特異捜査係さんは、いままでも変わった難事件をいくつも解決してるって聞きましたさかい、期待しとるんです」

そんなことを言われて、逆に戸惑ってしまう。

普段警察本部の中ではうさんくさい係とみられがちな特異捜査係が、こんな風に期待されるだなんて内心ちょっとくすぐったい。

「わかりました。早速、今夜から警らさせてもらいます」

快諾する阿久津に、

「ありがとうございますっ。そやったら、シフトの中に組み込ませてもらいますわ」

刑事係長は嬉《うれ》しそうに顔を綻《ほころ》ばせると、ぽんと手を叩《たた》いた。

「そやそや。あんま画質はよくないんですが、この前職質した少年が仲間内で『これ

が鎌男や』いうて回ってるっちゅう写真をみせてくれたんですわ。画像ももろてたんやけどどれやったかな」

と胸ポケットからスマホを取り出し、太い指であたふたと画面を操作する。

「あ、あったあった。これですわ」

刑事係長が見せてくれたのは、たしかに不鮮明な画像だった。全体的に薄暗く、大きくぶれている。しかし、そこに人らしきものが映っていることは見て取れた。

異様に白っぽくて目や口が大きな顔。それに上半身は黒い縦模様に覆われている。鎌をもっているかどうかは、腕から先が特にひどくぶれていてわからない。

「お面……ですかね。それに、何を着てるんでしょうか?」

阿久津なら何か知ってるかと思って亜寿沙は話を振るものの、彼は食い入るように画像を見つめていた。その口から、

「……マレビト、か?」

ぽつりと小さな言葉が漏れる。

「え……?」

聞き返す亜寿沙に阿久津は、

「いや、これだけじゃわからないな、やっぱ」

ゆるゆると頭を横に振るだけで、それ以上は教えてくれなかった。

その日の深夜。

亜寿沙と阿久津は、覆面パトカーを借りて清滝トンネルへと向かった。

なるべく警察関係者には見えないようにしたかったので、いったん自宅に帰って着替えてきている。亜寿沙はTシャツにパーカーを羽織り、下はジーンズだ。走りやすいようにスニーカーも履いてきた。もし襲われても逃げる準備はばっちりだ。

阿久津は五分袖《そで》の薄手ジャケットにTシャツとチノパンで、正直言って普段のよれっとしたスーツ姿よりもいくぶん若く見える。ついでにいうと、昼間は猫背なのに夜になると背筋が伸びて姿勢がよくなるうえ、眠そうな仕草もなくなるのでイケメン度がぐっと増している気がする。普段からこうならいいのに。そんなことを考えながら運転席の阿久津をついじっと見てしまう亜寿沙だったが、

「ん？　どうした？」

不審がられて慌てて視線をそらした。

「な、なんでもありませんっ」

「まぁ、もうすぐだけどな」

嵯峨野を抜けて山間部に入ってからは一本道だ。

いまは夜中の二時過ぎ。草木も眠る丑三《うしみ》つ時《どき》というやつなので、すれ違う車もない。

やがて、それは見えてきた。

道がゆるやかに二股《ふたまた》に分かれ、一本はトンネルを迂回《うかい》するようにさらに山をのぼっていく。

もう一本の道の先には、ぼんやりとオレンジ色の明かりが灯《とも》る古いトンネルが見えた。

阿久津はそのトンネルの手前で減速し、通行の邪魔にならない場所に車を寄せて止める。

車から降りると、ひんやりとした空気がパーカーごしに伝わってきた。

山の中だからか、京都の市街地よりもいくぶん気温が低いようだ。

「行ってみるか」

「はい」

トンネルの前には信号機がついていた。いまは赤が灯っている。

「こんなところに信号機があるんですね」

亜寿沙は真下で赤信号を見上げた。

阿久津も隣に歩いてきて同じように見上げる。

「ああ。このトンネルは車一台が通れる幅しかないからな。トンネル内部で対向車と行き違いできないから、こうやって信号を使って交通整理してんだよ」

信号は赤から青に変わる。こちら側から入ってもいいということだ。

しかし、このトンネルの先で数々の心霊現象が目撃されていると思うと、行きたくない気持ちの方がしだいに強くなってくる。

（ゆ、幽霊なんて信じてないんだから……）

そう強がってはみるものの、気持ちはちっとも前に進んでくれない。

以前だったら幽霊なんているはずがない。そんなの恐怖にかられた人間がみた幻覚よ。怖いと思えば枯れ枝だって幽霊の手に見えるものなんだから。と、心霊現象の噂なんてちっとも気にしなかっただろう。

しかし、縁切り神社でこの世の者ではない何かの姿をみたり、幽霊と一緒にタクシーに乗ったりした経験を経た今となっては、頭ごなしに心霊現象なんて気のせいと考えることはできなくなっていた。

生きている人間とは違う、世にいう幽霊や怪異というものは存在するのかもしれない。

阿久津とともに仕事をするようになってから、そう考えないとつじつまが合わない事象を数多く目撃して亜寿沙も少しずつそういうものを受け入れざるをえなくなっていた。

しかも阿久津とともに現場に来ているのだ。彼と一緒なのは心強くもある半面、怪異を目撃する可能性がぐっと高まるので、そういう意味では心霊スポットに一緒に行くのは最も避けたい相手ともいえる。

とはいえ、仕事なんだから躊躇《ためら》っている場合ではない。今日は心霊現象を見に来たわけじゃなくて、不審人物の確保に来たのだ。

(仕事よ。仕事。遊びに来たんじゃないんだから)

亜寿沙がそんなことを考えているうちに、阿久津は平気な様子ですたすたとトンネルの方へ歩いて行ってしまった。

「ほら、行かないのか？」

「い、行きますってば。ちょっと考え事してただけです」

亜寿沙は慌てて彼のあとを追う。

トンネルの内部に入ると、外よりさらに気温が低く感じた。肌寒いくらいだ。

数メートルおきに天井からオレンジ色の照明が照らしている。

古いトンネルだからか、照明の明かりはトンネル内部をまんべんなく照らしているわけではない。明かりの届かないところは、歩くのに支障があるほどではないがかなり暗い。

このうす暗さが人の恐怖心をかきたてるのかもしれない。

かつんかつんと歩く二人の靴音がトンネル内部に反響していた。もし、この靴音の中に二人以外のものがまぎれていたらどうしようと怖くなってそっと後ろを振り返ったりするが、前にも後ろにも二人以外の人影も車やバイクがくる気配も感じられなかった。

トンネルは途中でカーブしているためか、出口はまだ見えない。

それでも歩いているうち、しだいにこのトンネルの景色にも慣れてきて雑談する余裕も出てきた。

「ここ、本当に幽霊とか出るんですかね」

「さあなぁ。まったく気配を感じないわけじゃないが、そうしょっちゅう出てたら幽霊も忙しくて大変だろう」

なんて阿久津はのんきなことを言っている。

カーブを曲がると、トンネルの出口が見えてきた。

そのまま歩いて何事もなくトンネルを抜ける。

亜寿沙はほっと安堵《あんど》の息をもらした。

「不審者も出ませんでしたね」

「いつも出るわけじゃないらしいからな。前回出たのが二週間前。その前に出たのがさらにひと月以上前らしい。といっても警察が把握してるのがそれだけってだけで本当はもっと出没してるのかもしれないけどな」

「そうですね」

負傷者が出れば、治療のために駆け込んだ病院から警察に通報が行く。そのため警察の方でも不審者の出没を把握できるが、そうじゃなければ自ら近くの交番に駆け込むか110番通報でもしてくれない限り不審者の出没を把握するすべはない。

防犯カメラをつけようかという話も出ているようだが、いまだ実現には至っていない。

こちら側のトンネルの出入口にも、信号がついていた。その信号が赤から青に変わるのをぼんやり眺めていると、突然阿久津が「あ！」と声を上げた。

「そっか、そういうことなのか……。だから、俺たちは遭遇しなかったんだ。なるほどなぁ。それじゃいくら警官が巡回したところで遭遇しないわけだ」

何かに気付いて一人で納得している阿久津。亜寿沙は置いてけぼりにされた気がして内心むっとしながら尋ねる。

「何が『なるほど』なのか説明してください」

「ああ、悪い悪い。これだよ」

阿久津は人差し指を立てて、すっと上を指した。

その指が指す先に見えるのは、トンネルの外に設置された信号だ。

「信号が、どうかしたんですか？」

「清滝トンネルで心霊現象に出会うためには、あるルールに従う必要があるんだ。それが、この信号なのさ」

亜寿沙は信号をじっと観察するが、特段変わったところはみつからない。

「なんの変哲もない信号ですけど」

信号は、通行車もないのに律儀に青、黄色、赤を繰り返している。見上げていて気づいたが、色が切り替わるスパンは思いのほか短い。おそらく効率的に交通整理するために、車が法定速度でトンネルを通り抜ける時間プラスアルファくらいで切り替わるようになっているのだろう。

「俺たちはさっき向こうの出入口から、信号が赤から青に変わったあとに入ってきたよな」

亜寿沙は少し考えてから、「はい」と頷《うなず》いた。

あまりよく覚えていないが、阿久津の言う通りだったように思う。

「それじゃあダメなんだよ。このトンネルで心霊現象に遭遇したとされる噂話にほとんどと言っていいほど付随するのが、『青信号のときにトンネルに入った』って話だ」

「……青信号のときに入るのは当たり前じゃないんですか？」

「正確にいうと『赤信号を見ていない』かな。トンネルを視界に入れた瞬間から信号がずっと青のとき、トンネルに入ると心霊現象に遭うことが多いらしい」

亜寿沙は訝《いぶか》しげに眉《まゆ》を寄せる。

「ここの信号は赤から青に切り替わるスパンは結構短いですよ？　そんなことあり得るんですか？」

阿久津はクスクスと笑みを返した。どこか楽しそうでもある。

「普通はあり得ない。でもあり得ないことが起こったってことは、トンネルに入る前から既に怪異は始まってたってことなんじゃないのかな。というわけで、一旦《いったん》車に戻って、ここら辺をぐるぐる回りながら『初めから信号がずっと青』になるタイミングを待ってみよう」

そう言うと、阿久津はトンネルの方へと戻っていく。

「え、ちょ、待ってください！　またトンネルを通るんですか!?」

先ほど通った時は心霊現象にも不審者にも出くわさなかったとはいえ、深夜に心霊スポットとなっているトンネルを再び通るのは気持ちのいいものではない。

できれば避けたいという心理が働いてそんなことを言ってしまったのだが、阿久津は足を止めてこちらを振り向いた。

「そうだな。じゃあ、今度はトンネルの上を走ってる迂回《うかい》ルートを通ってみるか？

アップダウンがあるうえに街灯もほとんどなくて真っ暗だし、坂を上り切ったところには夜中に見ると幽霊が映りこむって言われてる『真下を向いたカーブミラー』があるから、ついでに覗《のぞ》いてみるのもいいかもな」

亜寿沙の喉《のど》の奥がヒッと鳴った。真っ暗な山道を歩いたあげく、いわくつきのカーブミラーの下を通り抜けることを思うと、まだ照明があるトンネルを行く方がマシに思えた。

「わかりましたよっ。トンネルを通りますっ」

恐怖を振り払うように強気な声でいうと、いつもより大股《おおまた》で足早に阿久津の横を通り抜け、トンネルへと入っていく。

その後ろを、阿久津は笑いをかみ殺しながらのんびりとついてきた。

「そんなに怖がらなくても大丈夫だって。今回の信号は……」

はっと強張《こわば》った表情で振り向く亜寿沙。

「確認してなかった！　何色でした⁉」

「赤のあとの、青。だから、普通のトンネルだよ。いまは」

亜寿沙はほっと胸をなでおろす。

予想どおり何事もなく二人はトンネルを抜けて、停めてあった車へと戻った。

阿久津はハンドルを握ると、車を清滝トンネルの中へと走らせる。

トンネルの中を歩くと十分ちょっとかかるが、車だと一分もかからず通り抜けることができた。本当に、あっという間だ。清滝トンネルを抜けたあと、今度は車をトンネルの上を通る迂回ルートへと向けた。迂回ルートは一方通行なので、こちら側からしか通ることができないのだ。

ほとんど街灯のない真っ暗闇な山道を、ヘッドライトの明かりだけを頼りに進んだ。

途中、阿久津が、

「あ、ほら。あれが、例のカーブミラーだ」

なんて今日の天気の話でもしているような何でもない口調で教えてくれたが、亜寿沙は助手席で下を向いたまま絶対にカーブミラーを見ないようにした。

もし見てしまったら、そしてうっかりそこに何かが映りこんでいたりしたら、夜回りの仕事どころではなくなってしまいそうだ。

迂回ルートを車で進むと、暗くて曲がりくねった山道を慎重に走らせても、ものの数分でトンネルの反対側に出ることができた。

トンネルの出入口を視界に入れたとき、信号は『赤』だった。

これではだめだ。心霊現象が多く起きるのは『はじめからずっと青』のときだ。

「じゃあ、もう一回回ってみるか」

青に変わったあと、阿久津は再びトンネルの中へと車を走らせる。

そうして何度かトンネルと迂回ルートをぐるぐると回って、そろそろ何回目かわからなくなったころ。

山道を抜けてトンネルの前へ出てみると、信号は『青』になっていた。

阿久津は道の端に車を止めて、じっと信号を見る。亜寿沙も見ていた。

時間を計るためにスマホのストップウォッチアプリも起動しておく。

しかし、体感的に五分ほど経っても信号は『青』のままだった。

おかしい。ここの信号はこんなに一つの色が長いはずはない。

手の中に包むようにして持っていたスマホを確認すると、なぜかストップウォッチアプリは動いていなかった。0のままだ。

(あれ？　おかしいな。さっきちゃんとスタートボタンを押して、数字が動き出すのを確認したのに)

知らない間に指がスマホに触れてリセットされてしまったのだろうか。

「よし。行ってみるか」

阿久津が車から降りるのを見て、亜寿沙も急いでスマホをジーンズのポケットにしまうとシートベルトを外して車外に出た。

トンネルの信号はずっと『青』のまま、ぼんやりと光り続けている。

二人はその青い光に導かれるように再びトンネルの前に立った。

「行こう」

阿久津の言葉に、亜寿沙はためらいがちに小さくうなずく。

トンネルの前に立った瞬間に、何かが違うと感じた。

言葉では上手《うま》く表せない。

トンネルの上に灯《とも》っている信号も、トンネルの中のぼんやりとしたオレンジ色の照明も何も変わったところはない。

それなのに、身体がこの中に入るのを拒絶しているかのように足がすくんで動けなかった。

空気に質量があるかのように重く感じる。

阿久津も何かを感じているのか、もう一度亜寿沙を見ると手を差し出してくる。

「つないでいくか」

ぶんぶんと亜寿沙は首を振った。そんな恥ずかしいことできるわけがない。

阿久津は肩を軽くすくめると、

「わかった。でも無理するなよ。なんか異変に気付いたらすぐに知らせてくれ」

そう言ってトンネルの中へと歩いて行った。

亜寿沙も遅れず阿久津について行くが、靴の中に鉛の塊でも入っているんじゃないかと思うほど足が重かった。

一歩一歩中へと進んで行くにつれ、身体が強張っていく。呼吸が浅くなる。

何が違うのかわからない。でも、明らかに先ほどまでのトンネルとは何かが違う。

トンネルの奥に行くのが怖くて仕方なかったが、阿久津から離れてしまうのはもっと怖いので立ち止まることはできなかった。

そういえばトンネルに入ったときから、誰かに見られているような視線を感じる。

それなのに、後ろを振り返っても天井を見上げても、誰もいない。

変わった様子はない。確認してそうわかっていても、心臓の鼓動は次第に大きくなる。

オレンジ色の照明の下を通るときはまだいいが、照明の光の届かない暗い場所を通るときはぎゅっと目を閉じたくなった。それでは歩けないので、薄眼を開けて阿久津について歩く。

トンネルの中には足音が響いている。阿久津の革靴の音と、亜寿沙のスニーカーの音。革靴の音がカツンカツンと反響する。

たくさんの靴音が聞こえるという心霊現象も報告されているらしいが、いまのところ靴音は二人のものだけだ。

あとほかにどんな噂があったっけ。と考えて、そういえば天井から白い服を着た女性が落ちてくるという話があったことを思い出し、天井を見るのも怖くなった。

俯《うつむ》きがちになりながら阿久津の後ろをついていく。

少し進むと足元に大きな水たまりが見えた。

天井から落ちた水滴が溜《た》まったものかもしれない。

その横を通り過ぎるとき何気なく水たまりに目が行くと、自分のものとも阿久津のものとも違う、小さな子どもの足らしきものが見えた気がして慌てて視線をそらした。

(やばい、やばい、なんか見えた……)

そもそも前回ここを通ったときにそんな水たまりなんてあっただろうか。思い返してみてもそんな記憶はなかった。

パタパタパタと子どもが駆けるような足音が耳を掠《かす》める。

(待って、何いまの音⁉)

無意識に今聞こえた足音を確認しようとして耳を澄ませると、気づいてしまった。

阿久津の革靴と亜寿沙のスニーカー。はじめは反響して少し遅れて聞こえるのかとおもったが、よく聞くとどうやら違う。阿久津の歩くリズムとも亜寿沙のとも違う、別の歩調の足音が混ざりこんでいる。それも、一つ二つではない。反響して一体いくつの足音が聞こえているのかすらわからなくなった。

「あ、阿久津さんっ。おかしいですよっ」

思わず阿久津のジャケットを掴《つか》んで引くと、阿久津は歩きながら亜寿沙を見て神妙に頷《うなず》いた。

「知ってる。何体かついてきてるな。たぶん、俺たちを面白がって見にきたんだろう。そのうちちょっかいかけてくるかもな」

「そんな……っ！」

と言ったところで、亜寿沙の顔にパサリと何か細長いものが絡みついた。口に入ったそれをあわあわしながら左手で取り除く。手に取ってみれば、それは数本の長い髪の毛だった。

「ひえっ⁉」

さっと血の気が引く亜寿沙の耳元を、フフフという女性の笑い声が掠めた。

いま上を向いたら、何か見てはいけないものを見てしまいそうだ。

亜寿沙は髪の毛を払い捨てると、阿久津のジャケットを摑んだまままっすぐ前だけ見て歩いて行く。

ほとんど阿久津の背中しか見えないけれど、そうでもしないと恐怖でどうにかなってしまいそうだった。

「もう少しでトンネルを抜けるはずだから、あとちょっと我慢してくれ。そもそも、青信号のまま赤にならないってこと自体おかしなことだよな。その状態のトンネル内部はおそらくだけど、別の世界、あの世のはざまとか黄泉《よみ》の国とか、幽世《かくりよ》とか、そう呼ばれる世界に繫《つな》がってしまっているんだろう。だからこれだけの心霊現象が起こるんだろうな。怪異が俺たちの世界に現れたんじゃない。俺たちがそいつらの世界に入り込んだんだ」

こんな状態であっても阿久津の言葉は冷静だ。淡々とした口調は平時となんら変わらない。彼は日常的にこういう現象を目にしているんだろうか。

鬼に憑《つ》かれてから怪異を多く目にするようになったと以前聞いたことがあったが、そのときはそれがどういうものか亜寿沙自身いまいちよくわかっていなかった。

しかし、いまこうやって彼とともに心霊現象の真っただ中にいると、それがどれだけ異常で、精神をすり減らす状態なのかを思い知らされる。

まるで目に見えない何かの手中に握りこまれて、いつ危害を加えられるかわからない、ここから抜け出せるのかもわからない、そもそも自分が正気なのかすらわからない、そんな不安で身も心もすくみそうになる。

それなのになお平常でいられる彼を見ていると、どれだけの怪異を経験して、どれだけ慣れてしまったのかと気の毒に思った。

築き上げてきたキャリア組としての未来や生活を捨てて、変人扱いされながら、それでも怪異にあいやすいという自分の境遇を逆手にとって捜査に活《い》かそうとするだなんて。それがどれだけ強い精神力と意志の力を必要とすることなのか思い知らされたようだった。

自分だったら絶対無理だ。すべてを諦《あきら》めて、自分の境遇を憎んで、仕事も辞めて引きこもってしまうかもしれない。

いつしか亜寿沙は阿久津の背中をじっとみつめていた。

彼は三年前、鬼に憑かれたという容疑者に噛《か》まれて以来、ずっとこの清滝トンネルのような怪異の跋扈《ばっこ》する世界に半分身体をつっこんだままなのだ。

その誰にもわかってもらえない孤独にずっと一人で耐えてきたんだ。

その背中をぎゅっと抱きしめてあげたい、そんな気持ちが湧いてきて、上司に対して何を考えているんだとぶんぶんと首をふる。

そんなことを考えているうち、いつしか周りの怪異は何も気にならなくなっていた。

冷たい手のようなものが亜寿沙の腕にぺとぺとと触れる。一瞬ぎょっとしたが、それでも亜寿沙はそれを毅然《きぜん》と振り払った。

（怪異だって、幽霊だって、それがなんだって言うの。怖いやつなら人間だってたくさんいる。警察の仕事をして、そんな事例腐るほど見てきた。だったらなんで怪異だからってだけで怖がる必要があるの？　そりゃ、たしかに、びっくりしたり怖かったりはするけど……そこまで割り切れるものじゃないけど……でも、怖がってばかりで大切なことを見逃したくはない）

阿久津のジャケットから手を放して、足を少し早めると彼の隣に並ぶようにして歩きだす。

阿久津は「お?」という顔をしたあと、何を思ったのかフッと優しく笑った。

もうトンネルの出口が見える。

あと少しで外に出られることに安堵《あんど》しかけたとき、トンネルの出入口にゆらりと立つ人影が見えた。

まるで亜寿沙たちを通せんぼするかのようにソレはトンネル出入口の中央に立っている。

「出たな。やっぱりここにいたんだ」

「あれが、例の不審者でしょうか」

「たぶんな。だって、ほら。アイツの顔。嵯峨野署の人が見せてくれた画像とそっくりじゃないか」

そう言われても、この距離では亜寿沙には相手の顔まではっきりとは認識できない。視力は裸眼で両目とも1・2はあるはずなのだが、阿久津は一体どれほどの視力なのだろう。

それでももう少し近づくと、亜寿沙にもようやくその男の異様な姿が目視できた。

顔には、目と口の部分を弓なりに大きく強調した不気味な面をかぶっている。

ていた。

上半身は裸で、その身体には黒い墨のようなもので乱雑に太い縦線が何本も描かれている。

手には何ももっていないようだが、ふらりふらりと上半身を横に揺らしながら立っている。

相手との距離が十メートルほどのところで阿久津が足を止めたので、亜寿沙も自然と立ち止まる。

「あれは人間……なんですよね」

やっぱり怪異よりも人間の方がおそろしい。亜寿沙はその思いを新たにした。

「おそらくな。ただ、なんだろうな。妙な違和感はする」

阿久津の口調には、戸惑いのようなものが含まれていた。

「違和感、ですか？」

「ああ。前にどこかで会ったことがあるような感じというか……」

「知り合いなんですか⁉」

亜寿沙は驚きの声をあげた。大きな声が出てしまい、自分でも驚いて慌てて口を手でおさえた。

「いや。記憶にはないはず、なんだ。おかしいな。とりあえず、職質してみるか」

阿久津が男に声をかけようとしたところで、男は揺らしていた身体を止めて両手を背中にまわした。

おそらくズボンに挿してあったのだろう。二本の大きな鎌をそれぞれの手に掴むと、奇声をあげて亜寿沙たちの方へと走ってくる。

やはりこの男が通称『鎌男』と呼ばれる不審者で間違いないようだ。

しかし、

(何、この速さ!!)

鎌男はこちらが言葉を発する暇もなく、尋常ではない速さで肉薄してくる。

次の瞬間、視界がぐらりと揺れて亜寿沙はトンネルの壁にぶつかった。

「……いたっ!!」

何がおこったのかわからなかった。半瞬遅れて、阿久津が亜寿沙を守るためにトンネルの端へと突き飛ばしたのだと知った。

二本の鎌を巧みに操って鎌男は阿久津に襲い掛かるが、阿久津はそれを綺麗《きれい》に避《よ》ける。

亜寿沙は二人の攻防に見入っていたが、そうだ、ぼうっとしてる場合じゃないと急いでパーカーの下に下げていたホルスターから拳銃《けんじゅう》を手に取って構える。

「下がりなさい！　鎌を捨てて！」

警告の言葉を発するも、鎌男に動きを止める気配はない。

『ナンデ……ナンデ、ステタ。シンジテ、イタノニ。シンジテ、クレテ、イタノニ！』

亜寿沙のことも拳銃のことも無視して、鎌男はわけがわからないことを叫びながら怒りに任せるように阿久津に鎌を振り続ける。

乱闘している状態で発砲するなど、もちろんできない。

それでも、もし阿久津が危なくなったらすぐにでも加勢できるように、亜寿沙は拳銃を向け続けた。

一方、阿久津は少しずつ後ろに下がりながら鎌男の攻撃を避けていた。鎌男はなおもブツブツ言いながら、攻撃の手を休めない。

『……ダレモイナイ！　ダレモムカエテクレナイ！　ドコニイケバイイ！　ドコニイケバ……シンジテ、モラエル……シンジテ……』

意味はわからないが、そんな言葉を鎌男は鎌を振るたびに叫んでいた。

鎌男が大きく鎌を振り下ろす。腕を引き戻すのが一瞬遅れた隙を阿久津は見逃さず、鎌男の右腕を摑《つか》むと勢いよくひねって鎌男の身体を地面へと叩《たた》きつける。

右手に持っていた鎌が、地面に叩きつけられた反動で手から離れて地面をすべっていった。

鎌男の動きも人間離れしていたが、それを圧倒する阿久津の身体能力もすさまじい。

阿久津はそのまま鎌男の腕を捻《ひね》ると、動けないように片足で押さえ込んだ。

もう片方の鎌を持つ手も阿久津が掴んでいる。

完全に鎌男の動きを封じていた。

「やった！　いま手錠をかけます！」

亜寿沙は拳銃をホルスターに戻して二人に駆け寄るが、そこで亜寿沙は阿久津の異変に気付く。

阿久津は荒い息をしながら、掴んだままの鎌男の腕を見ていた。

いや違う。

鎌男が握ったままの、鎌を見ていたのだ。その目が充血している。血走ったような目でじっと鎌を見つめている姿は異様としか言いようがなかった。

「阿久津さん……？　どうしたんですか？　手錠をかけますから、その人の腕を後ろにまわしてください」

亜寿沙の言葉に、阿久津は嫌々をするように数度頭を振った。しかし、目は引き付けられるように鎌に戻っている。まるで必死に葛藤《かっとう》しているかのようだった。

（これってもしかして……）

亜寿沙の脳裏に、以前、侵入窃盗犯を取り押さえたときの情景が思い浮かんだ。

あのときも阿久津は圧倒的な身体能力で犯人を押さえ込んだものの、さらに首を絞めて必要以上の暴力を加えようとしていた。

まるで、殺そうとしているかのように。

今回も、もしかして同じことが起きているのではないか。

阿久津はついに耐えきれなくなったように、鎌男の鎌を手に取るとそのまま振り上げた。

トンネルのオレンジ色の照明で、鎌の刃が鈍く光る。

(このままじゃ、殺してしまう!!)

亜寿沙はとっさに阿久津の前に立つと、その頰を思いきり叩いた。

「阿久津さん！　やめてください！」

バチンという小気味いい音がトンネルの中に響いた。

これで効かなければ、最悪阿久津の腕を拳銃で撃ってでも止めなきゃ。亜寿沙はそう心に決めていた。どんなことをしても彼を殺人犯にはしたくなかった。

阿久津は叩かれた拍子に、びっくりしたように亜寿沙を見て何度か瞬《まばた》きした。

そして、ふぅっと小さく息を吐くと、疲れ切った声でぽつりと言う。

「……そんなところにいると、危ないよ」

「私は阿久津係長のお手伝いをしただけです。二人だけしかいない係なんですから。もし阿久津係長が何かしでかして一人だけになったら、どうしてくれるんですか？」

睨《にら》みがちに言うと、阿久津は吹き出すように笑った。

「そうだな」

そう笑う阿久津は、いつもの彼のようだった。

ほっと亜寿沙も胸をなでおろす。

そのとき、鎌男が阿久津の拘束から逃れ、再びトンネルの出入口の方へと逃げて行った。もう鎌を持っていないのでそれほど脅威はない。

鎌をなくした鎌男は、最初に彼を見た時と同じようにふらりふらりと身体を左右に揺らす。

『イイナ……イイナ……。ソノ鬼ハ、シンジテクレルモノガイル。ムカエテクレルモノガイル。イイナ、イイナ……ワレモ、カツテハタクサンイタ。デモ、イマハ……一人もいない』

泣くような声で鎌男はそう言うと、顔からするりと面がはがれた。

面はからんという乾いた音を立てて地面に落ちる。

それと同時に、鎌男も糸が切れた操り人形のようにその場に倒れこんだ。

亜寿沙と阿久津が傍へ駆け寄ると、鎌男は完全に意識を失っているようだった。

阿久津が鎌男の両手を後ろにまわして手錠をかける。これで、鎌男事件は一件落着だ。

亜寿沙は早速嵯峨野署へ連絡をとろうと、ズボンのポケットから自身のスマホを手に取った。しかし、圏外の表示が出ている。トンネルを出ないと電波が届かないのかもしれない。

そうこうしている間に、阿久津は身をかがめて足元に落ちていた面を拾い上げた。

「阿久津さん。私ちょっと電波の入るところまで行ってきます」

「ああ、うん。ありがとう」

亜寿沙に言葉を返しながらも、阿久津は面をひっくり返したり戻したりしながら興味深げに観察している。

表面は塗料がはげかけ裏面はノミで粗く削っただけの、素朴で古さを感じさせる面だった。

「何の面なんですかね」

「うーん。もっとちゃんと調べればはっきりしたことはわかると思うけど、おそらくマレビトの面というやつだろうな」

「マレビト？」

聞きなれない言葉に、亜寿沙は鸚鵡《おうむ》返しにする。

「ああ。来訪神ともいう。古《いにしえ》からある古い神の形だよ。普段は死者の国に住んでいるが、季節の節目に人里に現れては人々の厄を祓《はら》い、福や豊穣《ほうじょう》をもたらす存在。東北の『ナマハゲ』や沖縄の『パーントゥ』なんかが有名だけど、実は全国各地で同様の風習は広くみられるんだ。その多くは集落の若者や旅人がマレビト役を担って、集落に伝わる面をかぶり、蓑《みの》などを着て神様に扮《ふん》して集落の家々を巡る。この面も、どこかの集落に古くから伝わるマレビトの面の一種だろうな。上半身に描かれた模様は蓑の代わり。鎌も、豊穣をもたらす神なら農具をもっているのも頷《うなず》ける」

「そんな古くからある神様なんですね。でも、この男はどこでそんな面を手に入れたんですかね。まさかフリマアプリとかに出てたりしないですよね」

気を失っている鎌男の面の下に隠れていた素顔は、思いのほか若くて二十代半ばから後半くらいに見えた。

阿久津は苦々しげに首を傾げる。

「さあな。伝統芸能の担い手ってわけでもなさそうだし、どうやって手に入れたんだか。普通はこの手のものは古くから地元にある寺社や名家なんかで大事に守られているものなんだが、過疎化の影響で管理できずに放置されているところもあると聞く。でも、人が忘れたからといって、かつて信仰の対象になっていた神様がすぐに消えるわけじゃないからな」

阿久津も鎌男に視線を落とす。

「さっきまでこの男から、どことなく馴染《なじ》み深い感覚を感じていたんだ。確かにこの男以外の何者かの気配を感じていたのに、いまはまったく感じない。なんだか憑《つ》き物が落ちたみたいだ。この男も言ってたけど、俺と同類みたいなものだったんだろうな」

「それってつまり……この面に祀《まつ》られていた神様が、この男に乗り移っていたとか、そういうことなんでしょうか」

「そうかもしれん。来訪神は普段は死者のいる異界に住むとされる。どこかでこの男に乗り移ったあと、迎えてくれる人を求めて彷徨《さまよ》ううちに清滝トンネルにある異界にたどりついたのかもな」

そうだとしたら、鎌男がしきりに叫んでいた『信じてほしい』『迎えてほしい』という言葉は、人々から忘れ去られた神様の哀しい訴えだったのだろうか。

そう思うと、とてもやるせない気持ちになってきて亜寿沙は面にそっと手を合わせた。

阿久津も面を持ったまま、片手で拝む。

「阿久津さんに憑いてるっていう鬼も、元はそういうものだったんでしょうか」

「鬼伝説なら各地にあるからな。平安の時代には各地で悪さをしていたというし。神様とは逆パターンだが、そういう悪《あ》しきものが封じられていた塚なんかも忘れ去られたことで封じる力が弱まって、悪しきものが再び世に出てきてしまったなんてこともありうるだろうな。もしかしたら同じような事情で犯罪に結びついている例は、俺たちが知らないだけでもっとあるのかもしれない。調べてみた方がいいかもしれんな」

「そういえばさっき、この男が、阿久津さんのことを『鬼』って言ってましたね」

あれは明らかに阿久津を見て言っていた。

「あれは、俺もびっくりした。俺にもコイツの中に何かの気配が感じられたように、こいつにも俺の中に『鬼』の気配を感じたんだろうな。すまない、ハンカチかなんかもってる？」

「あ、はい。どうぞ」

亜寿沙がズボンのポケットからハンカチを渡すと、阿久津は面を丁寧に包んだ。

包んだ面をじっと眺めながら、阿久津が言う。

「岩槻。さっきは、本当に助かった。ありがとう」

亜寿沙は何の礼を言われたのかわからず、きょとんと目を瞬《しばたた》かせる。

「ハンカチでしたら、洗わずそのまま返してくださって大丈夫ですよ」

「いや、えっとハンカチじゃなくて。もちろんこれも返すけど。さっき、俺を正気に戻させてくれただろう」

そこまで言われてようやく、阿久津をひっぱたいたときのことを言われているのだと思い当たる。よく見たら、叩《たた》いたところが赤くなっていた。必死だったこともあって、力いっぱい叩いてしまっていたのだ。

亜寿沙は慌てて、ポニーテールがぶんと振れるほどに勢いよく頭を下げた。

「申し訳ありませんでしたっ」

今度は阿久津が慌てる。

「頭を上げてくれ。俺は、感謝してるんだ」

「感謝、ですか？」

頭を上げた亜寿沙は怪訝《けげん》な面持ちで尋ねた。

「あのときは本当に危なかった。ずっと頭の中に『殺せ』って声が聞こえていて、自分が自分でなくなりそうだったんだ。でも、君が俺をこっちに引き戻してくれた。前にもそういうことがあったよな。同じことが続くといよいよ潮時かもしれないな……」

そう語る阿久津の目はいつになく弱気に見えた。

亜寿沙の耳にクスクスと嗤《わら》う小さな声が聞こえる。あれはこの空間に巣くう霊の声だろう。

まるで新しい住人を歓迎して寄ってきたように亜寿沙には思えた。

いまこの人から目を離せば、怪異たちの側に行ってしまうんじゃないか。

そんな不安が胸中に湧き上がる。

「潮時ってどういうことですか!?　まさか刑事をやめようとか考えてないですよね？」

「こんな危ないやつが刑事なんてやってられないだろう？　自分でもわかってるんだ。だんだん『鬼』に侵食されつつある。このままだといずれこの鎌男や田所みたいに乗っ取られて……」

思わず亜寿沙は、阿久津の腕を摑《つか》んでいた。

この手を、放したくない。

放してはいけない。

放してしまえば、もう二度と会えない気がしたから。

亜寿沙は阿久津の腕を強く摑んだまま、叫んでいた。

「私は、阿久津さんは『鬼』になんて負けないって信じています！」

亜寿沙は阿久津の目を見つめる。目力が強くて目が怖いと他人にはよく言われるけど、そんなこと気にしてられなかった。

「もしまた今回と同じようなことがあったら、次も阿久津さんをひっぱたきます！　拳銃《けんじゅう》で撃ってでも阿久津さんを止めます！　私だけじゃなく、風見さんだって阿久津さんのこと信じてるじゃないですか。私にも風見さんにも阿久津さんが必要なんです。だから！　だから……辞めるなんて、言わないでください。元の身体に戻る希望を捨てないでください」

阿久津は驚いたように亜寿沙を見ていた。何秒みつめあったかわからない。

先に表情を緩めたのは阿久津のほうだった。

「拳銃で撃たれるのは痛そうだな」

そう呟《つぶや》く口元には、言葉とは裏腹にほっとしたような笑みが浮かんでいた。

柔らかなその笑みに心を奪われそうになって、亜寿沙は慌てて目を逸《そ》らす。

「さ、最悪の場合の話です」

赤らんだ顔を見られたくなくて俯《うつむ》いた亜寿沙の前に、阿久津がすっと右手を差し出した。

「……そうだな。信じてくれる奴がいる限り、負けるわけにはいかないよな。思い出させてくれて、ありがとう。それと、これからもよろしく」

どこか阿久津も照れくさそうにしている。

亜寿沙は阿久津と手を重ねると、元気に応《こた》えた。

「はいっ。こちらこそ、よろしくお願いします！」


その後、応援に呼んだパトカーで鎌男は嵯峨野署へと連行された。

彼は二十八歳の長野県に住むサラリーマンだった。聴取の結果、半年前から彼の記憶はすっぽりと抜け落ちており、清滝トンネルのことも全く覚えていないことが判明した。

彼は廃村や廃墟《はいきょ》の写真を撮ることを趣味にしていたらしく、最後の記憶は東北地方にある廃墟を巡っていたところで途切れているらしい。

結局傷害罪で起訴されたものの、精神鑑定にまわされることになった。

阿久津は、彼がどこかの廃墟に祀られていたあの面を見つけて、写真を撮っているうちに取り憑かれてしまい精神をのっとられていたのだろうと見立てていたが、もちろんそんなことが公式の報告書に載るはずもなかった。

あの面は押収物としてしばらく保管されていたが、誰も引き取り手が現れなかったため阿久津があちこち手を回して、ようやく京都のとある寺院で預かってもらえることができまった。

いまはその寺院の本殿の片隅にかけられ、訪れる参拝客を静かに迎えている。

亜寿沙も何度かその寺に足を運んで面を拝んでみたのだが、清滝トンネルのときに感じたような不気味さは影を潜め、穏やかに微笑んでいるように見えるのがなんとも不思議だった。

鎌男が逮捕されたとはいえ、それで事件がすべて解決したわけではなかった。

鎌を持った不審人物が清滝トンネルでつかまったことはニュース番組や新聞などでも取り上げられていたはずなのだが、その後も鎌男の噂を聞きつけた若者たちが鎌男を捜しに深夜の清滝トンネルを訪れることが頻発していたのだ。

そのうえ肝試しをしたあげく通行の邪魔になったり、他のグループと争いがおきたりすることがたびたびあったため、夜間の警らはその後もしばらく続けられたのだった。

特異捜査係も引き続き警らシフトに入れてもらって夜間の見回りを受け持っていた。

とはいえ、清滝トンネルの中を通るときは必ず表に設置された信号機が赤から青に変わったタイミングを見計らって通行していたため、霊現象に悩まされることもなく、たまに騒ぐ少年たちを注意したり補導したりする程度で何事もなく朝を迎えるのが常となっていた。

その日も、夜の見回りを終えて嵯峨野署に引き継ぎのために立ち寄ったあと、亜寿沙と阿久津は乗ってきた覆面パトカーで京都府警察本部へと戻ってきたところだった。

車から降りて、亜寿沙は朝の静謐《せいひつ》な日差しを浴びながら両腕をあげて軽く伸びをした。いまはやわらかな日差しもあと小一時間もすると京都特有のムワッとした暑さに変わるだろう。

阿久津も早速大アクビをやらかしている。夜はしゃきっとしていた彼も夜が明けるとともにまたいつもの眠そうなダメ刑事風の姿に戻っていた。

「今日も蒸し暑くなりそうですね」

「そうだな。暑くなる前にとっとと家帰って、風呂《ふろ》入ってクーラーの効いた部屋でひと眠りしたいよ」

「私もです」

阿久津の提案に大いに同意しながら、彼のあとについて警察本部の中へと入る。

エレベーターホールで上へ行くエレベーターを待っていると、チンという軽い音とともに開いた扉から降りてきたのは風見管理官だった。

「お？　今、戻り？」

「ああ。風見管理官はご帰宅ですか」

眠そうに阿久津が言う。一方、風見はいつもと変わらない爽《さわ》やかな笑みを浮かべていた。イケメンっぷりが今日もまぶしい。この時間に帰庁ということは、風見も徹夜明けに違いないのに。

「そうなんだ。溜《た》まった仕事を片付けてたら、こんな時間になっちゃったよ」

そう苦笑をにじませたあと、風見は「そうだ！」と阿久津の肩をぽんと叩《たた》いた。

「君たちももう上がりだろ？　一緒に朝食でもどうだい？　そろそろ、そこのホテルのモーニングもやってる時間じゃないかな」

そして、そのまま阿久津の腕をがしっと摑んでエレベーターから引き離していく。

「え？　あ、へ？　ちょっ、まだ昨夜の夜回りの報告が……」

そうこうしている間に、エレベーターの扉は閉じてしまった。

「それなら僕が、SNSで報告しとくよ」

風見は阿久津を右手でしっかりつかんだまま、左手でズボンのポケットからスマホを取り出すと阿久津の返答を待つまでもなくさっさと何かを打ち込んでいく。

そして阿久津と亜寿沙に画面を見せると、その場で送信ボタンを押した。画面には『一階で戻ってきた阿久津係長と岩槻さんをみつけたので一緒に帰ります』とあった。

誰に送ったのかと思えば、すぐに『了解です』と戻ってきた返信の宛名《あてな》は『羽賀課長』となっていた。

「課長に了解されちゃいました」

阿久津に言うと、彼は諦《あきら》めたように大きなため息とともに肩をおとした。

「……はぁ」

本当に今すぐ帰って一刻も早く寝たかったようだが、風見に捕まってしまっては仕方がない。

亜寿沙的には昨日の晩から何も食べていなくてお腹ぺこぺこだったので、美味《おい》しいものを食べるにやぶさかではなかった。どのみちいまから家に帰ったところでまだやっている食べ物屋さんも少ないから、コンビニでサンドイッチなどを買って食べるしかないだろう。それなら、風見について行った方が良い思いができそうだ。

風見に連れられて三人が向かったのは警察本部の近くにある高級ホテルだった。

落ち着いた和風の個室に通され、目の前に出されたのは朝がゆをメインに小鉢がいくつかと焼き魚などがつくセットだった。予想以上の豪華さに、思わず気後れしてしまう。しかも今回も亜寿沙の分はおごりだという。

「い、いいんですか……？」

「ああ、もちろん。夜通しの見回りでお腹もすいただろう？　それに君たちは今回の清滝トンネルの事件でも見事に解決に導いてくれたからね。嵯峨野署の方からもお礼の報告がきてたよ。また何かあったら是非お願いしたいってさ」

「で、でも……」

どうしようと隣に座る阿久津に視線を向ける。

「おごってくれるっていうんだから遠慮なく食っちまえ。警視は給料いいしな」

そう言うと箸《はし》を手に取って付け合わせのだし巻き卵をパクリと口に入れた。

風間も苦笑まじりに、

「独り身で仕事も多忙だと、そんなに使うこともないしね。観葉植物も枯らしてしまうし、まして犬や猫を飼うわけにもいかないから育成アプリでもやろうかと思ったけど、それすら放置しすぎて気が付いたら全滅してたよ」

と言うと、朱色の木匙《きさじ》で粥《かゆ》をすくって口に入れた。イケメン管理官は食べ方も美しい。

阿久津がクスクスと笑いながら、

「リアル育成ゲームやってんだから、それで充分だろ」

なんて返すが、亜寿沙は意味が分からず小首をかしげる。

「リアル育成ゲームですか？」

「刑事育成ゲーム。管理官なんて、下を育ててどんどん働かせてなんぼだからな」

阿久津の軽口に、風見は食べていた粥が喉《のど》に詰まったのか咳《せ》き込みそうになってハンカチで口元を押さえる。

「こらこら、そういう人聞きの悪いこと言わないでくれよ。でも、岩槻さんは本当に気を遣わなくていいんだよ。こういうところに一人で食べに来てもつまらないから、君たちを誘ったんだ」

そこまで言われたら、遠慮し続けるのも無粋《ぶすい》だ。そもそも目の前に食事は既にきていて、ほかほかと美味しそうな湯気を立てているのだ。

「じゃ、じゃあ。いただきますっ」

亜寿沙も手を合わせると、木匙を手に取った。

ふーふーと軽く冷ましてから口に入れた粥は、ほんのりと米の甘みが感じられて優しい味がした。疲れた身体と空《す》きっ腹に染みわたるようだ。

薬味皿に添えられた数種類の薬味をのせると、味のバリエーションが楽しめるのも嬉《うれ》しい。

夢中で食べていた亜寿沙だったが半分ほど食べ終わったところでふと横を見ると、先に食べ終えた阿久津がテーブルに頬杖《ほおづえ》をついてこくりこくりと船をこいでいた。お腹もふくれたところでついに眠気に耐えきれなくなったようだ。

その阿久津の姿を風見はやさしげに目を細めて眺めながら、しみじみとした声で亜寿沙に話しかけてくる。

「前に言ったこと。やっぱり岩槻さんに頼んで良かった」

「え、前に言ったこと……？」

木匙を持ったまま数秒考えて、あ、と亜寿沙は思い至る。

「もしかして、前に『たいたん』に三人で食事しに行った帰りに言われたことですか？」

「そうだよ。以前は、聖司はよく思いつめたような顔をしていた。でも最近はそれがかなり少なくなったように思うんだ。こんなこと、君が部下として来る前はなかったことだ。ありがとう。苦労も多いだろうけど、こいつの下で支えてくれて感謝してる」

風見は亜寿沙を見つめる。その口から紡がれる言葉は穏やかで、真摯《しんし》に感謝する気持ちとともに仄《ほの》かな安堵《あんど》が感じられた。

亜寿沙は恐縮して背筋をのばすと、風見を見つめ返す。

「私の方こそ、阿久津さんにはお世話になってばかりです。助けてもらったことも一度や二度ではないですし。でも……私も何かお役に立てているなら、嬉しいです」

「期待してるよ。君にも。聖司にもね」

「ありがとうございますっ」

お互いの顔にあたたかな笑みが灯《とも》った。

そのとき、風見のスマホが鳴る。

「はい、風見です」

電話に出た風見だったが、その声へすぐに緊張が滲《にじ》む。

「はい……。はい。わかりました。すぐに戻ります。十分もあれば戻れると思います」

スマホの切電ボタンを押すと、風見はふぅと小さく嘆息を漏らした。

すかさず、阿久津が尋ねる。いつの間にか起きていたようだ。

「なんか事件だろ？」

「ああ。遺体が見つかった。ただその遺体がちょっと普通じゃないとかでうちの課で引き受けることになりそうだ。僕はすぐ戻らなきゃいけないけど、君たちはそのまま食べててよ。ここのお勘定は済ませていくから」

風見はそう言って伝票を手に取ると立ち上がるが、阿久津もすぐに彼の後に続いた。

「俺もいく。そんな話聞いたら、事件のことが気になって家帰ってもおちおち寝られやしない」

亜寿沙も残りの粥を急いで掻《か》きこむと二人を追いかける。

「私もいきます！」

阿久津と亜寿沙を見て、風見は目を細める。

「そうか。じゃあ、行こう」

事件が起こる限り、刑事の仕事がなくなることはない。

普通の人の普通の日常を守るために、今日も頑張らなければと亜寿沙は気持ちを新たにするのだった。

本書は書き下ろしです。
この作品はフィクションです。実在の人物、団体等とは一切関係ありません。

憧《あこが》れの刑事部《けいじぶ》に配属《はいぞく》されたら、
上司《じょうし》が鬼《おに》に憑《つ》かれてました

飛野《とびの》 猶《ゆう》

令和4年 9月25日 初版発行

発行者●青柳昌行

発行●株式会社KADOKAWA
〒102-8177 東京都千代田区富士見2-13-3
電話 0570-002-301(ナビダイヤル)

角川文庫 23336

印刷所●株式会社暁印刷
製本所●本間製本株式会社

表紙画●和田三造

ISBN 978-4-04-112868-8 C0193

◇◇◇

角川文庫発刊に際して

角　川　源　義

第二次世界大戦の敗北は、軍事力の敗北であった以上に、私たちの若い文化力の敗退であった。私たちの文化が戦争に対して如何に無力であり、単なるあだ花に過ぎなかったかを、私たちは身を以て体験し痛感した。西洋近代文化の摂取にとって、明治以後八十年の歳月は決して短かすぎたとは言えない。にもかかわらず、近代文化の伝統を確立し、自由な批判と柔軟な良識に富む文化層として自らを形成することに私たちは失敗して来た。そしてこれは、各層への文化の普及滲透を任務とする出版人の責任でもあった。

一九四五年以来、私たちは再び振出しに戻り、第一歩から踏み出すことを余儀なくされた。これは大きな不幸ではあるが、反面、これまでの混沌・未熟・歪曲の中にあった我が国の文化に秩序と確たる基礎を齎らすためには絶好の機会でもある。角川書店は、このような祖国の文化的危機にあたり、微力をも顧みず再建の礎石たるべき抱負と決意とをもって出発したが、ここに創立以来の念願を果すべく角川文庫を発刊する。これまで刊行されたあらゆる全集叢書文庫類の長所と短所とを検討し、古今東西の不朽の典籍を、良心的編集のもとに、廉価に、そして書架にふさわしい美本として、多くのひとびとに提供しようとする。しかし私たちは徒らに百科全書的な知識のジレッタントを作ることを目的とせず、あくまで祖国の文化に秩序と再建への道を示し、この文庫を角川書店の栄ある事業として、今後永久に継続発展せしめ、学芸と教養との殿堂として大成せんことを期したい。多くの読書子の愛情ある忠言と支持とによって、この希望と抱負とを完遂せしめられんことを願う。

一九四九年五月三日

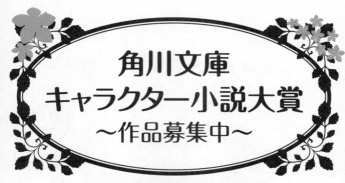